Nagib Machfus
Echnaton

Nagib Machfus

Echnaton

Der in der Wahrheit lebt

Aus dem Arabischen von
Doris Kilias

Unionsverlag

Die arabische Originalausgabe erschien 1985
unter dem Titel *Al-A'isch fi l-Haqiqa*
in Kairo.

Auf Internet
Aktuelle Informationen
Dokumente über Autorinnen und Autoren
Materialien zu Büchern
Besuchen Sie uns:
www.unionsverlag.ch

Rieterstrasse 18, CH-8059 Zürich
Telefon 0041-1-281 14 00, Fax 0041-1-281 14 40

Umschlaggestaltung: Heinz Unternährer, Zürich
Umschlagmotiv: Büste einer Königin aus Amarna, Fragment.
The Metropolitan Museum of Art, New York
Druck und Bindung: Ebner Ulm
ISBN 3-293-00267-6

Wie alles begann

Ein begehrlicher Blick, und der Wunsch war geboren. Die Zeit der jährlichen Überschwemmung des Nils ging zu Ende, und gleichmäßig steuerte das Schiff gegen die starke, ruhige Strömung an. Begonnen hatte die Fahrt in unserer Stadt Sais, und nun ging es in Richtung Süden weiter, nach Banu Bulis, wo meine Schwester seit ihrer Heirat wohnte. Eines Nachmittags führte uns unsere Route an einer seltsamen Stadt vorbei, die – westlich vom Nil und östlich von einem hohen Bergmassiv begrenzt – den Eindruck erweckte, daß der Verfall gierig sein Werk tat. Die Straßen waren verödet, die Bäume nackt, Türen und Fenster geschlossen – wie Lider über Augen gesenkt. Es gab kein Zeichen von Leben, keinerlei Bewegung. Stille lastete über der Stadt, düsteres Schweigen, der Hauch von Tod. Ich schaute und schaute, und mein Herz krampfte sich zusammen. Schließlich riß ich mich von dem Anblick los und lief zu meinem Vater, den man, um seinem hohen Alter Ehre zu erweisen, auf einer erhöhten Polsterbank ruhen ließ.

»Vater, was hat es mit dieser Stadt auf sich?« rief ich.

Gelassen erwiderte er: »Es ist die Stadt des Ketzers, eine ungläubige, verfluchte Stadt, Merimun.«

Erneut schaute ich hinüber, erregter als zuvor. »Wohnt dort denn niemand mehr?«

Fast unwillig kam die Antwort. »Das Ketzerweib lebt

noch in ihrem Palast, oder richtiger gesagt, in ihrem Gefängnis. Deshalb wird's wahrscheinlich auch noch eine Leibwache geben.«

Plötzlich erinnerte ich mich. »Nofretete!« murmelte ich. Wie konnte sie die Einsamkeit ertragen? Wie kam sie mit ihren Erinnerungen zurecht? Im gleichen Moment erstanden Szenen aus meiner Kindheit auf – die hitzigen Gespräche der Erwachsenen im Palast meines Vaters über den Sturm, der über Ägypten und das Imperium hinwegfegte und den man »Krieg der Götter« nannte. Sie handelten vom jungen Pharao. Erbe und Traditionen hätte er über den Haufen geworfen und nicht nur die Priesterschaft, sondern auch das Schicksal herausgefordert. O ja, plötzlich erinnerte ich mich wieder, daß es um eine neue Religion gegangen war und die Erwachsenen geklagt hatten, wie die Menschen zwischen Glaube und Treue zerrissen wurden. Es hatte heftige Diskussionen über rätselhafte Vorkommnisse gegeben, über bittere Niederlagen und einen Sieg, der von Trauer begleitet war.

Das also war die Stadt der Wunder, die sich nun dem Tod hingab. Dort saß die große alte Frau, eine einsame Gefangene, die den Kelch des Schmerzes bis zum bittern Ende leeren mußte. Oh, wie mein Herz klopfte! Es packte mich das unbändige Verlangen, alles, aber auch alles zu erfahren. Ich sah meinen Vater an. »Von heute an wirst du mir nie wieder Trägheit vorwerfen müssen«, sagte ich. »Heftig wie der Nordwind hat mich der heilige Wunsch gepackt, die Wahrheit herauszufinden und sie festzuhalten, so wie du es in jungen Jahren getan hast, Vater.«

Mit müden Augen schaute er mich an. »Was willst du tun, Merimun?«

»Ich will alles über diese Stadt und ihre Herrin wissen, ich will alles über die Tragödie herausfinden, die das Land zerrissen und das Reich zugrunde gerichtet hat.«

»Alles, was man darüber wissen muß, hast du bereits im Tempel gehört.«

»Aber Vater«, redete ich begeistert weiter, »der weise Kakimna hat uns erklärt, daß man erst dann ein Urteil fällen soll, wenn man beide Seiten gehört hat.«

»Was diese Stadt betrifft, liegt die Wahrheit offen zutage, ganz abgesehen davon, daß der Ketzer längst tot ist.«

Ich war nicht mehr aufzuhalten. »Die meisten seiner Zeitgenossen leben noch, und fast alle sind deine Gefährten und Freunde. Ein Wort von dir, und die Türen stehen mir offen, ich könnte den Dingen auf den Grund gehen. Auf diese Weise würde ich die Wahrheit in ihrer ganzen Vielfalt erfassen, bevor sie wie diese Stadt von der Zeit zerstört wird.«

Ich drängte so lange in ihn ein, bis mein Vater meinem Wunsch nachkam. Vielleicht war er insgeheim sogar angetan von meiner Idee, hatte doch auch er immer begeistert Erkenntnisse festgehalten und sein Wissen stetig erweitert. Seine Befähigung auf diesem Gebiet hatte unseren Palast zu einem Treffpunkt von religiösen und weltlichen Persönlichkeiten werden lassen und ihm den Ruf eingebracht, nicht nur reich an gutem Boden, sondern auch außergewöhnlich weise zu sein. Der Palast war bekannt für diese Zusammenkünfte, bei denen Geschichten erzählt, Gedichte rezitiert und köstliche Gerichte, Ente zum Beispiel, und Weine gereicht wurden.

Mein Vater setzte also mehrere Empfehlungsschreiben

auf, mit denen ich mich bei all denen, die diese Zeit noch miterlebt hatten, vorstellen konnte. Manch einer hatte aus nächster Nähe, manch einer nur aus der Ferne die Ereignisse verfolgt; für manch einen war jene Zeit zunächst höchst angenehm verlaufen, dann aber bitter geworden, und manch anderer hatte erst leiden müssen, bevor es mit ihm wieder aufwärtsging.

»Du hast deinen Weg selbst gewählt, Merimun, so zieh hinaus mit dem Schutz der Götter. Deine Vorfahren haben ihr Glück im Krieg, in der Politik, im Handel gesucht, du aber bist auf der Suche nach der Wahrheit. Soll jeder das tun, wonach er strebt. Aber hüte dich, die Mächtigen herauszufordern oder deine Häme an einem Menschen auszulassen, der dem Vergessen anheimgefallen ist. Sei wie die Geschichte – offen für alles und unparteiisch, damit du dem Betrachter die reine Wahrheit als Geschenk übergeben kannst.«

Wie froh war ich, der Untätigkeit zu entrinnen und mich in den Strom der Geschichte werfen zu können, der weder Anfang noch Ende kennt. Denn wer der ewigen Wahrheit dient, füllt den Strom mit frischem Wasser auf.

Der Hohe Priester Amons

Nach der bitteren Ödnis während der Zeit des »Ketzers« war Theben endlich wieder erblüht. Erneut zur Hauptstadt geworden, zierte der junge Pharao Tutenchamon den Thron. Die Männer des Kriegs und des Friedens gingen wieder ihren Pflichten nach, und die Priesterschaft versah ihren Dienst in den Tempeln. Die Paläste strahlten in neuem Glanz, die Gärten grünten und blühten, und stolz ragte der Tempel Amons mit seinen riesigen Säulen gen Himmel empor, gesäumt von einem prächtigen Garten. Auf den Märkten riß der Strom von Händlern, Käufern und Waren nicht ab, es herrschte ein ständiges Kommen und Gehen. Der Glanz, der über dieser Stadt lag, sprach von ihrer Größe und Stetigkeit.

Es war mein erster Besuch in Theben. Die Pracht der Gebäude und die Masse der Menschen überwältigten mich. Um mich herum rief es und schrie es, es dröhnten Räder und trappelten Füße. Meine Heimatstadt Sais kam mir auf einmal wie ein träges, stummes Dorf vor.

Meine erste Verabredung sollte im Amon-Tempel stattfinden. Ein Diener erwartete mich. Wir schritten durch die riesige Säulenhalle, dann bog er in einen Seitengang ein und brachte mich in einen Raum, wo der Hohe Priester mich empfing. Er thronte auf einem Sessel, dessen Ebenholz das Gold der Armlehnen besonders strahlen ließ. Der Priester war ein Greis mit kahlem

Schädel. Er trug ein langes, weites Gewand, Nacken und Schultern bedeckte eine weiße Schärpe. Trotz des hohen Alters machte er einen äußerst lebendigen Eindruck auf mich. Ich faßte Vertrauen.

Zuerst fand er lobende Worte für meinen Vater. »Im Unglück lernt man die Getreuen kennen«, sagte er. Mit leiser Stimme, fast murmelnd, kam er auf den Grund meines Aufenthalts in Theben zu sprechen. »Was sich an Lügen an den Wänden fand, haben wir entfernt, aber die Wahrheit muß erhalten bleiben und aufgezeichnet werden.« Als müßte er Dank sagen, neigte er den Kopf. »Heute nimmt Amon wieder seinen Thron ein und lenkt als Herr der Götter das Schiff des Allerheiligsten. Er ist es, der Ägypten beschützt und die Feinde fernhält. Seine Priester sind wieder zu Amt und Würden gekommen. Amon ist der Gott, der durch die Hand Ahmoses unser Tal befreit hat. Er ist es, der durch Thutmosis den Dritten unsere Grenzen nach Norden, Süden, Osten, Westen erweitert hat. Amon ist der Gott, der den Sieg verleiht und den Verräter erniedrigt.«

Ehrfürchtig kniete ich nieder, und erst als der Hohe Priester mir bedeutete, mich zu erheben, setzte ich mich auf den Hocker, der vor ihm stand. Mit allen meinen Sinnen lauschte ich den Worten des Hohen Priesters.

»Es ist eine traurige Geschichte, Merimun, auch wenn ihr Beginn eher unschuldigem Flüstern ähnelt. Am Anfang stand die Große Königin Teje, die Gemahlin des Großen Pharao Amenophis des Dritten und die Mutter des Ketzers. Sie, die aus einer nubischen Familie stammte, war eine einfache Frau aus dem Volk, kein Tropfen königlichen Blutes floß in ihren Adern. Aber sie war stark und so klug, daß man glaubte, sie hätte vier Augen und könnte damit gleichzeitig in alle vier

Himmelsrichtungen spähen. Wie es schien, war sie auf unser Wohlwollen bedacht. Nie werde ich vergessen, was sie mir am Tag des Fests des Nils sagte: ›Ihr Priester Amons seid Ägyptens Wohl und Segen.‹ Sie hatte die Angewohnheit, mit ihren großen, schwarzen Augen die kräftigen Männer so lange anzustarren, bis sie völlig verwirrt die Köpfe senkten. Wir, die Priester, empfanden keine Furcht vor ihr, wußten wir doch, mit welcher Liebe die ruhmreiche Pharaonenfamilie den Priestern Amons zugetan war. Doch eines Tags mußten wir entdecken, daß sich die Königin plötzlich für religiöse Angelegenheiten interessierte. Sie hielt es für richtig, die Lehre zu erweitern und den Glauben an die anderen Götter, insbesondere an den des Aton, mit einzubeziehen. Zunächst hielten wir diesen Vorschlag nur für eine Bereicherung des Wissens über Götter, die wir alle durchaus verehrten. Also gab es keinen Grund, dagegen anzugehen. Es berührte uns nur unangenehm, daß ausgerechnet hier, in Amons Heimat Theben, die anderen Götter eine solche Auszeichnung erfahren sollten. Da half auch nicht, daß Königin Teje immer wieder versicherte, Amon bliebe der Gott aller Götter und wir, seine Priester, würden den Vorrang vor allen anderen Priestern Ägyptens haben. Eines Tags bat mich Toto, unser Sänger, um ein Gespräch. Er vermute, sagte er, daß der Vorschlag der Großen Königin nicht wirklich mit Religion zu tun habe, sondern auf eine neue Politik hinauslaufe. Ich bat ihn, mir das genauer zu erläutern. ›Die Königin‹, erklärte er, ›buhlt um die Freundschaft der Priester in den Provinzen. Offenbar will sie zwischen uns und ihnen ein Gleichgewicht herstellen und damit die Macht der Priesterschaft abbauen und die des Throns stärken.‹

Nun war ich zwar nicht frei von Argwohn, dennoch entgegnete ich ihm: ›Wir sind die Diener Amons und des Volkes. Wir sind die Lehrer, Ärzte und geistigen Führer in dieser und der anderen Welt. Die Große Königin ist eine kluge Frau, deshalb wird sie uns auch nicht ihre Gunst entziehen.‹

Toto wehrte verärgert ab. ›Es herrscht ein Kampf um die Macht. Die Königin ist ehrgeizig, meiner Meinung nach ist sie stärker als der König.‹

Als müßte ich gegen meine eigenen Ängste ankämpfen, beharrte ich: ›Wir sind die Söhne des mächtigsten Gottes. Hinter uns steht ein Erbe, das stärker als das Schicksal ist.‹

Vielleicht ist es ratsam, Merimun, dir etwas über König Amenophis den Dritten zu erzählen. Sein Großvater Thutmosis der Dritte hatte bereits ein nie dagewesenes Reich von gewaltigem Ausmaß und einer großen Vielfalt an Völkerschaften errichtet. Auch Amenophis der Dritte war ein starker König, beim geringsten Anzeichen von Gefahr stürzte er los, um seine Macht zu verteidigen. Er errang so entscheidende Siege, daß das gesamte Reich ihm absolute Gefolgschaft leistete. Während der langen Jahre seiner Herrschaft herrschten Frieden und Wohlstand. Er konnte auf das aufbauen, was seine Vorfahren begründet hatten, und reiche Ernte einbringen. Alles gab es im Überfluß – Getreide, Stoffe, Erze. Er ließ Paläste, Tempel und Statuen errichten. Er schwelgte in gutem Essen und Trinken, ihm standen die schönsten Frauen zur Verfügung. Teje, diese listige Frau, kannte seine Stärken ebenso wie seine Schwächen und wußte dies zu nutzen. War Krieg notwendig, ermutigte sie ihn zu kämpfen. Über seine Weibergeschichten sah sie hinweg und opferte ihr liebendes

Gefühl um der Beteiligung an der Macht und ihres grenzenlosen Ehrgeizes willen. Ich streite nicht ab, daß sie über eine ungeheure Kenntnis in allen Dingen verfügte, sie wußte in allem Bescheid, im Großen wie im Kleinen, ob nun in Ägypten oder im Reich. Ich leugne auch nicht, daß sie der Macht treu diente, einen erstaunlichen Weitblick besaß und auf Ruhm und Größe des Imperiums bedacht war. Aber was ich ihr vorwerfe, ist ihr Machthunger. Es war eben ihre Gier, die sie dazu verführte, mit List und Tücke die Religion auszunutzen, um die Macht allein und ohne die Priesterschaft auszuüben. Mit der Zeit wurde mir klar, daß ihr noch anderes durch den Kopf ging. Eines Tages kam sie in den Tempel, um ihre Opfergaben zu bringen. Anschließend eilte sie mir mit festem Schritt in den Ruheraum voraus, und als wir uns gesetzt hatten, fragte sie: ›Was ist es, das Euch betrübt?‹

Ich suchte nach einer passenden Antwort, aber sie ließ mir keine Zeit, sondern erklärte: ›Wie Ihr Priester kann auch ich in den Herzen lesen. Ihr denkt, daß ich auf Kosten von Amons Priestern den anderen Priestern mehr Bedeutung zumesse?‹

Um sie zu besänftigen, entgegnete ich: ›Die Priester Amons sind die getreuen Gefährten Eurer ruhmreichen Familie.‹

Ihre Augen glitzerten. ›Ich werde Euch sagen, was ich denke, Hoher Priester. In Ägypten ist Amon der Gott aller Götter. Für die Untertanen im Reich ist er das Symbol der Macht, vielleicht auch das ihrer Niederlage. Aton hingegen ist der Gott der Sonne, und sie scheint überall. Jedes Geschöpf kann sich, ohne daran auch nur im geringsten Anstoß zu nehmen, dem Gott der Sonne zugehörig fühlen.‹

Dachte sie das wirklich, oder war es nur ein neues Argument, hinter dem sie ihre wahre Absicht, nämlich uns in unseren Rechten zu beschneiden, versteckte? Wie auch immer, die Erklärung überzeugte mich nicht. Also sagte ich: ›Gebieterin, diese Wilden da draußen im Reich müssen mit Stärke und nicht mit Freundlichkeit regiert werden.‹

Sie lächelte. ›Mit Freundlichkeit auch. Ein gezähmtes Tier muß anders als ein wildes Tier behandelt werden.‹

Ich hielt das für eine ausgesprochen unnütze weibliche Sichtweise, die verhängnisvolle Folgen haben könnte. Und genau das haben die späteren schmerzlichen Ereignisse ja auch bestätigt.«

Der Hohe Priester schwieg, als wollte er nachdenken oder sich erinnern. Nach einer Weile fuhr er fort: »Was ich vielleicht erwähnen sollte, ist, daß diese Frau zu Beginn ihrer Ehe erhebliche Schwierigkeiten hatte. Sie blieb für eine ziemlich lange Zeit ohne Kinder. Die Angst, unfruchtbar zu sein, setzte ihr zu, was um so schlimmer war, als sie aus einer einfachen Familie kam. Aber Dank Amons Gnade und der frommen Gebete und magischen Kräfte der Priester wurde die Königin schwanger, doch leider gebar sie ein Mädchen. Wann immer ich ihr im Palast oder im Tempel begegnete, bedachte sie mich fortan mit einem mißgünstigen, warnenden Blick, ganz so, als trüge ich die Schuld an ihrem Unglück. Dabei hatten weder ich noch irgendein anderer Priester jemals daran gedacht, die Lauterkeit des Throns zu trüben. Aber die verdorbene Denkart dieser Frau ließ sie kein Vertrauen zu den Menschen hegen.«

Wieder verstummte er, aber dieses Mal schien er zögerlich zu sein. Schließlich stieß er hervor: »Auf seltsame Weise gebar sie dann zwei Söhne.« Er machte eine Pause, ich konnte meine Neugier kaum noch zügeln.

»Der ältere, liebenswerte Sohn starb, erhalten blieb uns der andere, damit er seine Abartigkeit bei der Zerstörung Ägyptens ausleben konnte.«

Fragend sah ich ihn an.

»O ja«, sprach er energisch weiter, »wir wissen, wie man die Wahrheit herausfindet, mag sie den anderen auch noch so unergründlich scheinen. Wir schöpfen Kraft aus der Magie, unsere Augen sind überall. Sehen wir ihn uns an, diesen Ketzer – Vater zweifelhaft, er selbst bar aller Männlichkeit, weibisch im Aussehen, abstoßend. Nach dem Vorbild seines Vaters heiratete er ein Mädchen aus dem Volk, die mit seiner Mutter nicht nur die einfache Herkunft gemein hatte, sondern auch den krankhaften Ehrgeiz und die Lasterhaftigkeit. Sie war schön, halsstarrig und aufsässig, unterstützte blindlings die zerstörerische Politik ihres Mannes. Sie brachte sechs Mädchen zur Welt, jedes von einem anderen Mann. Auch wenn es den Anschein hatte, als wäre der Ketzer ihr zugetan, liebte er in Wirklichkeit nur seine Mutter. Sie hatte ihm nicht nur das Leben geschenkt, sondern auch seine Denkart. Innig verbunden mit der Mutter, empfand er ihre Einsamkeit und ihren Schmerz als Qual, und das hatte zur Folge, daß er seinen Vater verabscheute. Aus diesem Haß entstand das Gelüst nach Rache, und kaum war der Vater tot, ließ er seinen Namen aus allen Denkmälern herausmeißeln. Angeblich wäre des Vaters Name zu sehr mit dem von Amon verknüpft, lautete der lächerliche Vorwand. Aber die Wahrheit ist, daß er den Vater nach dessen Tod hinrichten wollte, weil er unfähig war, ihn zu Lebzeiten zu töten. Die Mutter hatte Aton lediglich aus politischen

Gründen verehrt, ihr Sohn aber, der von ihr im neuen Glauben unterwiesen worden war, glaubte tatsächlich an ihn. Politik war nichts für sein weibisches Wesen. Und dann geschah, womit selbst seine Mutter nicht gerechnet hatte – er wurde zum Ketzer.

Zu meinem Leidwesen kann ich mich noch immer gut an sein abstoßendes Aussehen erinnern. Er war weder Mann noch Frau. Und da er so schwach war, haßte er alles, was stark war, ob das nun gewöhnliche Männer oder Priester oder Götter waren. Deshalb erfand er sich einen Gott, der genauso schwach und weibisch war wie er selbst. Er sollte alles auf einmal sein, Vater und Mutter, und für eines stehen – die Liebe. Kein Wunder, daß da der Dienst an Gott aus Tanzen, Singen und Trinken bestand! Er wälzte sich im Morast der Narretei, kümmerte sich um keine seiner königlichen Pflichten, und das alles zu einer Zeit, da die aufrichtigsten Männer Ägyptens und unsere getreuen Verbündeten reihenweise bei feindlichen Angriffen fielen. Sie schrien um Hilfe, aber niemand half. Das Reich verloren, Ägypten zerstört, die Tempel verwüstet, die Menschen verhungert – das war das Werk des Ketzers, der sich den Namen Echnaton gegeben hatte.«

Vor lauter Erregung hielt der Hohe Priester inne, zu schwer wog die Last der Erinnerung. Er ballte die Hände zur Faust.

»Er war noch ein Junge, da wurden mir bereits Berichte über ihn aus dem Palast hinterbracht. Es gab genügend Männer am Hof, die sich dem Dienst an Amon und dem Vaterland geweiht hatten. Von ihnen erfuhr ich, daß sich der Thronfolger weniger zu Amon als zu Aton hingezogen fühlte. Trotz seines jugendlichen Alters ging er ganz allein frühmorgens ans Nilufer, um die ersten Sonnenstrahlen mit Liedern zu begrüßen. Dies gab mir bereits genügend Anlaß, um festzustellen, daß dieser Junge merkwürdig war und wir uns auf Schwierigkeiten einzustellen hatten. Ich bat um ein Gespräch im Palast und vertraute dem König und der Königin meine Befürchtungen an. Aber Amenophis der Dritte lächelte nur und sagte: ›Ach was, er ist doch noch ein Kind.‹

›Aber das Kind wird älter‹, erwiderte ich, ›und später baut es dann vielleicht auf den Gedanken aus den Tagen der Kindheit auf.‹

Königin Teje mischte sich ein. ›Er strebt in aller Unschuld nach Weisheit und sucht nach ihr, wo immer er sie vermutet.‹

›Außerdem beginnt schon bald seine militärische Ausbildung, und da wird er seine wahren Ziele kennenlernen‹, fügte der Pharao hinzu.

Die Königin ließ sich nicht beirren. ›Wir brauchen keine neuen Territorien mehr, wir brauchen Weisheit, um das, was wir regieren, zu bewahren.‹

Mit aller Schärfe entgegnete ich: ›Das Erworbene bewahren kann man nur, wenn man auf Amon vertraut und Stärke zeigt.‹

Spöttisch sah sie mich an. ›Ich habe noch keinen Weisen erlebt, der die Weisheit so geringschätzt wie Ihr.‹

›Das tue ich keineswegs, nur ist Weisheit, wenn man sich nicht auf Stärke stützt, töricht.‹

Besänftigend meinte Amenophis: ›In diesem Palast bestreitet niemand, daß Amon der Gott aller Götter ist.‹

›Aber Euer Sohn geht schon nicht mehr in den Tempel!‹

›Nur Geduld, nicht lange, und er wird als Thronfolger wieder allen seinen Pflichten nachkommen.‹

Ich kehrte von dieser Begegnung nicht sonderlich beruhigt zurück. Wir, die Priester, wurden bald darauf in unseren Ängsten bestärkt. Ich erhielt Kunde von einem Gespräch zwischen den königlichen Eltern und ihrem Sohn, und aus der Art, wie der Thronfolger auftrat, schlossen wir, daß in diesem kümmerlichen Körper eine ungeheure Kraft, gepaart mit bösartiger Widerspenstigkeit, schlummerte. Das verhieß nichts Gutes.

Eines Tages suchte mich einer meiner Priester auf. ›Jetzt ist nicht einmal die Sonne mehr ein Gott!‹ erklärte er.

›Wie das? Warum?‹

›Es geht das Gerücht um, daß sich dem Kronprinzen ein neuer Gott offenbart und von ihm gefordert habe, nur ihn als einzig wahren Gott zu verehren. Was immer sonst angebetet werde, sei nichtiger Spuk.‹

Die Nachricht traf mich wie ein harter Schlag. Mein erster Gedanke war, daß der Tod des älteren Bruders gnädiger gewesen war als der Wahnsinn, der den Thronfolger befallen hatte. Ich sah die Katastrophe auf uns zukommen, und zwar schlimmer, als wir es uns je hätten ausmalen können. Ich konnte und wollte es nicht glauben. ›Bist du sicher, daß das stimmt, was du da sagst?‹

›Ich gebe nur weiter, was die Leute erzählen.‹

›Wie soll sich denn dieser angebliche Gott ihm gezeigt haben?‹

›Er soll seine Stimme gehört haben.‹

›Keine Sonne, kein Stern, kein Abbild?‹

›Nichts von alldem.‹

›Und wie will er etwas anbeten, was er nicht sieht?‹

›Er glaubt, daß dieser Gott die einzige schöpferische Macht ist.‹

›Dieser_Wahnsinnige verschwendet sich ans Nichts!‹

›Wenn er so verrückt ist‹, tönte Toto, der Sänger, ›ist er auf keinen Fall geeignet, den Thron zu besteigen.‹

›Langsam, Toto, keine Sorge. Soll er abfallen vom Glauben, soviel er will, Millionen von Menschen beten trotzdem unsere Götter an.‹

Empört sah er mich an. ›Soll etwa ein Ungläubiger, ein Ketzer, auf den Thron steigen?‹

›Warten wir's ab‹, erklärte ich bedrückt. ›Sobald Tatsachen auf dem Tisch liegen, werden wir sie dem König vorlegen und mit ihm darüber sprechen. Zum ersten Mal in unserer langen Geschichte stehen wir vor einer solchen Auseinandersetzung.‹

Dann heiratete der Thronfolger Nofretete, die älteste Tochter des Weisen Eje, mit dem ich befreundet war. Sie war zwar von einfacher Herkunft, aber mich ließ diese Heirat hoffen, daß der Kronprinz wieder zu mehr Ausgeglichenheit finden würde. Ich bat Eje zu mir. Schon nach wenigen Worten war mir klar, daß der Mann außerordentlich vorsichtig sprach. Offenbar empfand er seine Situation als schwierig, und deshalb ging ich meinerseits mit keinem Wort auf die neuesten Gerüchte ein. Immerhin war er bereit, mir zu einer heimlichen Begegnung mit seiner Tochter zu verhelfen.

Als sie kam, sah ich sie mit der Schärfe des Geistes an, der mir von Gott Amon verliehen worden ist. O ja, eine hübsche Frau, aber hinter ihrer Schönheit erkannte ich die gleiche Stärke, die von der Großen Königin ausging. Inbrünstig betete ich im Innern, daß von dieser Stärke nur Gutes über uns kommen möge.

›Mein Segen über Euch, meine Tochter.‹ Sie dankte kurz, und ohne lange Pause sprach ich weiter: ›Ich sehe es als meine Pflicht an, obwohl es sicher nicht notwendig ist, Euch daran zu erinnern, daß sich der Thron auf drei Säulen stützt – Amon, den Gott aller Götter, den Pharao und die Königin.‹

›Glücklich darf sich schätzen, wer Eurer Weisheit lauschen darf.‹

›Eine kluge Königin unterstützt den König darin, die Heimat zu schützen und das Reich zu erhalten.‹

›O Hoher Priester, mein Herz ist voller Liebe und Treue‹, tönte sie mit fester Stimme.

Trotzdem hielt ich es für richtig, ihr in aller Offenheit zu erklären: ›Ägypten ist der Hort ewiger Traditionen, und die Frau ist deren gesegnete Hüterin.‹

Wieder tönte sie: ›Mein Herz schlägt voller Gefühl für die Pflicht.‹

Wie vorsichtig sie war, wie wachsam! Eine Statue, die sich durch keine Inschrift verriet. Sie sprach, ohne auch nur das Geringste zu sagen. Es war unmöglich, etwas von ihr zu erfahren. Andererseits verriet ihre Zurückhaltung mehr als erwartet, denn sie konnte nur bedeuten, daß diese Frau genau wußte, was sie wollte. Sie würde nicht auf unserer Seite stehen. Ein glücklicher Umstand hatte sie zur Anwärterin auf den Thron gemacht, und das hätte dem Stärksten den Kopf verdreht. Folglich würde ihre erste und letzte Sorge der Thron sein, und nicht Amon oder sonstwelche Götter.

Ich scharte im Allerheiligsten die Priester um mich und sprach das Gebet der Klage. Danach berichtete ich ihnen vom Treffen mit Nofretete und vertraute ihnen meine Besorgnis an.

›Eine lange Nacht mit großer Finsternis steht uns bevor‹, murmelte Toto. Er sah mich fragend an. ›Könnt Ihr nicht mit dem Führer des königlichen Heers Maj sprechen?‹

Mir war klar, worauf er abzielte, und deshalb erklärte ich sehr entschieden: ›Auf keinen Fall werden wir Amenophis den Dritten und die Große Königin Teje herausfordern.‹

Mittlerweile gestaltete sich das Verhältnis zwischen dem verrückten Kronprinzen und seinen Eltern immer schwieriger. Aus diesem Grund erteilte der König seinem Sohn den Befehl, auf einer Reise die verschiedenen Gebiete des Reichs kennenzulernen. Für mich stand fest, daß sich der König davon erhoffte, der Thronfolger möge wieder auf den rechten Weg finden, wenn er seine Untertanen und deren Leben kennenlernt. Ich lobte den König für diesen weisen Beschluß, trotzdem blieb meine Sorge. Während der Kronprinz also auf Reisen war, ereigneten sich zu Hause wichtige Dinge. Die Königin gebar die Zwillinge Semenchra und Tutenchamon, aber wenig später ging es mit der Gesundheit des Königs bergab, und er verstarb. Es wurden Gesandte ausgeschickt, die den Kronprinzen zur Heimreise bewegen sollten, damit er die Macht übernimmt. Ich rief die Priester zu einer Beratung zusammen, und wir gelangten zu einer einheitlichen Meinung über die Zukunft des Landes. Daraufhin bat ich Königin Teje trotz Trauerzeit und Vorbereitung der Balsamierung um ein Gespräch. Bei allem Schmerz um den verstorbenen Pharao machte sie einen tatkräftigen und entschlossenen Eindruck auf mich. Um so schwerer fiel es mir, mein Anliegen offen vorzutragen. ›Ich bin gekommen, verehrte Gebieterin, um Euch als rechtmäßige Herrscherin über das Reich meine Meinung vorzutragen.‹

Scharfsinnig wie sie war und so wie sie mich ansah, ahnte ich, was nun kommen würde. ›Verehrte Gebieterin, es hat sich herumgesprochen, daß der Kronprinz von all unseren Göttern abgefallen ist.‹

Ihr Gesicht verfinsterte sich. ›Ihr solltet nicht alles glauben, was erzählt wird.‹

›So ist es, verehrte Königin, und deshalb bin ich nur allzugern bereit, Eurem Wort zu vertrauen.‹

Ihre Antwort fiel knapp aus. ›Er ist ein Dichter, Hoher Priester.‹ Aus meinem Schweigen zog sie wohl den Schluß, daß ich mich damit nicht zufriedengab, denn sie fuhr fort: ›Er wird seiner Pflicht nachkommen.‹

Ich nahm all meinen Mut zusammen. ›Meine Gebieterin weiß um die Gefahren, die dem Thron beim Abfall von den Göttern drohen.‹

›Es besteht kein Anlaß zur Sorge‹, entgegnete sie gereizt.

Ich nahm erneut einen Anlauf. ›Falls eine andere Lösung notwendig ist, könnten wir einen Eurer beiden kleinen Söhne inthronisieren und Ihr übt die Regentschaft aus.‹

›Es gibt einen Thronfolger, also wird er auch regieren – Amenophis der Vierte.‹

Die liebende Mutter hatte über die weise Königin obsiegt. Sie verschenkte die Möglichkeit, das Reich zu retten, und überließ es dem Schicksal, den tödlichen Hieb zu versetzen. Der verrückte, weibische Kronprinz kehrte zurück, und gleich nach der Bestattung des Vaters bat ich ihn um eine Unterredung. Ich hatte zum ersten Mal die Gelegenheit, ihn mir aus der Nähe anzusehen, und tat es gründlich. Ein in die Höhe geschossener, magerer Körper, dunkelbraune Haut, träumerische Augen – der Hang zum Weiblichen war nicht zu übersehen. Sein Gesicht hatte nichts Harmonisches, versetzte einen geradezu in Unruhe. Was für eine erbärmliche Kreatur, unwürdig des Throns! Der war doch nicht fähig, dem geringsten Wesen etwas anzutun, geschweige denn Amon, dem Gott aller Götter! Ich verbarg meinen Abscheu und bewahrte Haltung, indem ich mich weiser Worte von Weisen und kluger Empfindungen von Dichtern erinnerte. Er starrte mich an, und in seinem Blick lag Unschlüssigkeit, jedenfalls ließen sich weder Haß noch Unverschämtheit, noch Freundschaft erkennen. Irgendwie verwirrte mich sein Anblick so sehr, daß ich kein Wort herausbrachte. Schließlich war er es, der als erster das Wort ergriff.

›Ihr habt mir reichlich oft unangenehme Gespräche mit meinen Eltern beschert.‹

Ich beherrschte mich. ›Mir ging und geht es immer nur um Amon, den Thron, Ägypten und das Reich.‹

›Ihr wollt mir doch sicher etwas sagen?‹

Mir war klar, daß die Schlacht nun beginnen würde. ›Ich habe beunruhigende Nachrichten gehört, kann sie aber nicht glauben.‹

Gelassen erwiderte er: ›Sie stimmen.‹ Ich erschrak, meine Zunge war wie gelähmt. Da hörte ich ihn sagen: ›In diesem Land der Irregeführten bin ich der einzige Gläubige.‹

›Ich traue meinen Ohren nicht.‹

›Traut ihnen ruhig. Es gibt keinen Gott außer dem einen Gott.‹

Mich übermannte der Zorn, ich dachte nur noch an Amon und die anderen Götter und daran, daß ich sie verteidigen mußte. Um die Folgen kümmerte ich mich nicht. Mit schneidender Stimme erklärte ich: ›Niemandem verzeiht Amon eine solche Lästerung.‹

Er blieb ruhig, lächelte. ›Die Gnade des Verzeihens ist nur dem einzigen und alleinigen Gott eigen.‹

Vor Erregung bebend rief ich: ›Ein Nichts ist er!‹

Er breitete die Arme aus und lallte fast zärtlich: ›Er ist alles – Schöpfung, Kraft, Liebe, Frieden, Freude.‹ Mit einem durchdringenden Blick, der so gar nicht zu seiner eher schwächlichen Konstitution passen wollte, starrte er mich an. ›Ich rate Euch, an ihn zu glauben.‹

›Ich warne Euch vor dem Zorn Amons‹, drohte ich. ›Er gibt nicht nur, er nimmt auch. Er hilft, aber er läßt einen auch im Stich. Er verleiht Sicherheit, aber er zerstört auch. Fürchtet ihn um Eures Wohlergehens, Eurer Nachkommenschaft, Eures Throns, Eures Reiches willen.‹

Er blieb ruhig. ›Was bin ich anderes als ein Kind, das in den Weiten des Einen weilen darf, eine Knospe, die in seinem Garten erblüht. Was er verhängt, des bin ich zufrieden, und willig bin ich sein Diener. Gnädig nahm er sich meiner an, und kaum daß er sich meinem Geist offenbarte, kam ein großes Leuchten über mich, und die Gesänge strömten. Mich ficht nichts mehr an.‹

Oh, welchen Zorn ich fühlte! ›Pharao ist nur der, der im Tempel Amons gekrönt wird.‹

Verächtlich stieß er hervor: ›Ach was! In der Obhut des einzigen Schöpfers, unter den Strahlen der Sonne wird die Krönung stattfinden.‹

Es gab nichts mehr zu bereden, und so trennten wir uns in denkbar schlechtester Verfassung. Ich hatte auf meiner Seite Amon und die Gläubigen, er konnte sich des Erbes seiner ruhmreichen Familie, seines als heilig verehrten Ansehens bei den Untertanen und seines unbekümmerten Wahnsinns sicher sein.

Ich war bereit, in den heiligen Krieg zu ziehen und

mich für meinen Glauben an Gott und Vaterland zu opfern. Keinen Moment länger zögerte ich. ›Der neue Pharao ist ein Ketzer‹, verkündete ich den Priestern. ›Das müßt nicht nur ihr wissen, das muß das ganze Volk erfahren.‹

Trotz allen bitteren Zorns hatte ich das Gefühl, daß ich gut daran täte, den Hitzkopf Toto zu bändigen. Also schlug ich ihm vor, sich beim Ketzer einzuschleichen und für uns Augen und Ohren offenzuhalten.

Auch der Thronfolger verlor keine Zeit. Unter freiem Himmel, in der Weite seines angeblichen Gottes, ließ er sich krönen. Er bestand sogar darauf, in Amons heiliger Stadt Theben diesem seinem Gott einen Tempel zu errichten. Er stellte seine neue Religion im Palast vor, um sich unter denen, die ihr folgen wollten, seine Gefolgsleute auszuwählen. Natürlich verkündete die Elite Ägyptens, daß sie von Stund an vom neuen Glauben erfüllt sei. Die Gründe dafür waren vielfältig, das Ziel nur eins – die Befriedigung ihres unersättlichen Ehrgeizes. Dabei hätte es nur eines einzigen Zeichens der Auflehnung gebraucht, um das Schicksal in andere Bahnen zu lenken. Aber nein, wie Huren sind sie ihm zu Füßen gefallen! Der Weise Eje zum Beispiel, der dem Wahn anhing, nun zur königlichen Familie zu gehören, und sich an Ruhm und Ehre berauschte. Oder Haremhab, dieser tüchtige, mutige Offizier, nur daß dieser im Grunde überhaupt keinem Glauben anhing und sich für ihn von daher nur ein Name, dem er ohnehin keine Bedeutung beimaß, änderte. Ansonsten alles bloß Heuchler, die nichts anderes im Sinn hatten als Besitz und Rang. Hätten sie nicht später im entscheidenden Moment von ihrer Verfehlung gelassen, hätten sie wahrlich den Tod verdient. Da sie bereuten, blieben sie am Leben, aber achten kann ich keinen mehr von ihnen.

Die Lage in Theben verschärfte sich; die Menschen waren hin und her gerissen zwischen ihrem Glauben an Amon und ihrer Treue zum Sproß der größten Familie unserer ruhmreichen Geschichte, dem Verrückten. Königin Teje befiel Sorge, als sie sah, was dem Saatkorn, das sie gelegt hatte, entsproß – eine giftige Pflanze. Ihr Sohn bewegte sich auf einen Abgrund zu, in den er die ganze Familie zu ziehen drohte. Eifrig besuchte die Große Königin den Tempel von Amon, nie kam sie ohne Opfergaben, ihr war einzig daran gelegen, die stürmischen Wogen des Aufruhrs zu glätten und vom Thron die Gefahr abzuwenden.

›Seid ihr treu‹, sagte sie, ›gewinnt ihr. Probt ihr den Aufstand, verliert ihr.‹

Worauf ich zu antworten pflegte: ›Wie könnt Ihr erwarten, daß wir einem Ketzer die Treue halten? Hättet Ihr nur auf meinen Rat gehört.‹

Da bat sie inständig: ›Wir dürfen die Hoffnung nicht aufgeben!‹

Schon bald zeigte sich, daß sie gegenüber ihrem weibischen, verzärtelten Sohn machtlos war; angesichts der unheimlichen Kraft seines Wahnsinns versagte die ihr eigene Stärke. Uns blieb nichts weiter übrig, als bis zum bitteren Ende weiterzukämpfen, was dem Verrückten das Leben in Theben verbitterte. Als schließlich beim Fest des Amon die ihm feindlich gesinnten Rufe nicht mehr zu überhören waren, behauptete er, daß sein Gott ihm befohlen hätte, eine neue Stadt zu errichten und ihm dort zu dienen. Wir hatten es geschafft, ihn zu vertreiben. Mit achtzigtausend anderen Ketzern zog er aus, um sich ein eigenes, fluchbeladenes Gefängnis zu errichten. Für uns war damit das Feld frei, die heilige Schlacht zu schlagen, während er ganz und gar im Irrglauben versank und die neue Stadt zum Pfuhl von Lust, Rausch, Trunksucht und Laster machte. Lust und Liebe – so lautete die Losung seines unbekannten Gottes. Wann immer ihm seine naturgegebene Schwäche zusetzte, demonstrierte er um so mehr Macht. Er ließ Tempel schließen, Götter und ihre Stiftungen konfiszieren, Priester vertreiben. Zu meinen Brüdern im Glauben sagte ich: ›Sind die Tempel geschlossen, hat das Leben keinen Wert. Also liebt den Tod.‹

In den Häusern der Gläubigen fanden wir Unterschlupf und in ihren Herzen ganze Armeen. So konnten wir unseren Kampf mit immer stärkerem Eifer führen, getragen von einer Hoffnung, die von Sonnenaufgang zu Sonnenaufgang wuchs. Der Ketzer trieb sein böses Spiel unermüdlich weiter, ja, er besuchte sogar die Provinzen und rief die Menschen auf, sich dem falschen Glauben anzuschließen. Das Volk litt schwer in jenen schwarzen Tagen, war es doch hin und her gerissen zwischen der Treue zu seinen Göttern und der zum König. Dieses Paar, er von kümmerlicher Gestalt, mit weibischer Natur und abstoßendem Gesicht, und sie, seine Gattin, bildschön und sündhaft, erschreckte und verwirrte die Menschen.

O ja, es war eine Zeit der Trauer, Qual, Heuchelei, Reue, der reichlich vergossenen Tränen und der Furcht vor dem Zorn der Götter. Und nicht lange, und die Atmosphäre von verweichlichter Liebe zeigte ihre Spuren – die Beamten vernachlässigten ihre Pflicht, schlimmer noch, sie schröpften die Menschen in der gemeinsten Weise, beuteten sie aus. Das Reich wurde von Aufständen geschüttelt, die feindlichen Nachbarn erkannten die Grenzen nicht mehr an. Als jene Provinzfürsten, die noch treu zu Ägypten standen, um Hilfe riefen, wurden ihnen statt Truppen Gedichte geschickt. Allein gelassen bei der Verteidigung des Reichs, fielen sie, den ketzerischen, verrückten Verräter verfluchend, im Kampf. Der Segen, der bisher reichlich aus allen Ländern nach Ägypten floß, geriet ins Stocken; die Märkte leerten sich, die Händler machten Bankrott, die Menschen hungerten. Da rief ich, so laut ich konnte: ›Der Fluch des zornigen Amon hat uns getroffen! Entweder vernichten wir den Ketzer, oder wir zerfleischen uns gegenseitig in einem Krieg!‹

Dennoch wollte ich uns keine noch so geringe Möglichkeit entgehen lassen, dem Land die Schrecken des Kriegs zu ersparen. Ich bat um ein Treffen mit der Königsmutter Teje. Kaum daß ich vor ihr stand, klagte sie inbrünstig: ›Ich bin unendlich traurig, Hoher Priester.‹

›Ich bin kein Hoher Priester mehr‹, erklärte ich voller Bitternis. ›Ein Landstreicher, der gejagt wird, steht vor Euch, mehr nicht.‹

›Ich flehe die Götter um Gnade an‹, stammelte sie.

›Ihr müßt etwas tun! Er ist Euer Sohn, er liebt Euch, und zu einem großen Teil seid Ihr verantwortlich für den jetzigen Zustand. Ermahnt ihn, warnt ihn, bevor im Reich ein Krieg ausbricht, der niemanden und nichts verschont.‹ Daß ich sie an ihre Schuld erinnerte, machte sie ärgerlich.

Ungehalten stieß sie hervor: ›Ich habe bereits beschlossen, in die neue Hauptstadt, nach Achetaton, zu reisen.‹

Ich will nicht leugnen, daß sie keine Anstrengung scheute. Aber den Schaden, den sie angerichtet hatte, konnte sie nicht mehr aus der Welt schaffen. Doch ich wollte mich der Verzweiflung nicht überlassen, also nahm ich das Risiko auf mich und machte mich selbst auf die Reise nach Achetaton. Ich kam dort mit den führenden Persönlichkeiten zusammen und erklärte ihnen: ›Ich spreche von einer Position der Stärke aus, denn hinter mir stehen genügend Männer, die nur darauf warten, über euch herzufallen. Ich hingegen bin gewillt, einen letzten Versuch zu unternehmen, um ohne Blutvergießen und Zerstörung zu retten, was zu retten ist. Ich gebe euch Zeit, euch zu besinnen und eurer Pflicht nachzukommen.‹

Ich sah ihren Gesichtern an, daß sie meine Worte überzeugt hatten. Was auch immer ihre wahren Beweggründe gewesen sein mochten, sie taten das, was ich gewollt hatte: Sie wagten den Versuch, das Land vor Unheil zu bewahren. Sie trafen sich mit dem verrückten Ketzer und forderten ihn auf, umgehend zwei Anordnungen zu erlassen: erstens Religionsfreiheit und zweitens die militärische Sicherung der Reichsgrenzen. Aber er lehnte ab, und das war ein öffentlicher Beweis seines Wahnsinns. Die Männer forderten ihn daraufhin auf, den Thron aufzugeben. Dann könne er seinem Glauben anhängen wie er wolle und ihn beliebig propagieren. Aber auch das lehnte er ab. Statt dessen ernannte er seinen Bruder Semenchra zum Mitregenten. Wir nahmen es nicht zur Kenntnis, sondern wählten unsererseits Tutenchamon als Herrscher. Angesichts der Sturheit des Verrückten beschlossen seine Leute, ihn aufzugeben. Sie verließen die Stadt und bekannten öffentlich, dem neuen Pharao treu zu dienen. Auf diese Weise trat ohne Krieg und ohne Zerstörung der Wechsel ein, Grund genug für uns, von Rachegedanken gegenüber dem

Verrückten, seiner Frau und den wenigen verbliebenen Gefolgsleuten Abstand zu nehmen.

Endlich öffneten die Tempel wieder die Tore, und die Gläubigen strömten herbei, nachdem sie so lange daran gehindert worden waren. Der Alptraum war zerstört, und das Leben verlief in seinen gewohnten Bahnen. Der Ketzer aber, vom Wahnsinn zerfressen, wurde krank und starb wenig später – gescheitert im irdischen Mühen und bar aller Hoffnung in der anderen Welt. Einsam und verlassen blieb sein schlechtes, sündhaftes Weib zurück.«

Der Hohe Priester verfiel in Schweigen, schaute mich aber unverwandt an. Schließlich sagte er: »Wir sind noch immer dabei, die Wunden zu pflegen. Es ist harte Arbeit zu leisten. Der Schaden nach innen und nach außen ist unermeßlich. Wie konnte das alles nur geschehen? Wie war es möglich, daß ein Verrückter, eine solch verunstaltete Ausgeburt vor aller Augen und Ohren so etwas mit uns, mit lauter klugen, vernünftigen Leuten, anstellte?«

Er zögerte kurz, bevor er weitersprach. »Nun kennst du die Wahrheit, ich habe nichts ausgeschmückt und nichts verfälscht. Schreib alles auf in deinem Heft, und grüße deinen Vater.«

Eje

Eje, der Weise, Vater von Nofretete und Mutnadjmet, Berater des Ketzers: Das Alter hatte ihm tiefe Furchen ins Gesicht gegraben. Er empfing mich in seinem Palast am Nil, im südlichen Teil Thebens gelegen. Er sprach ruhig und gedämpft, sein Gesicht verriet keinerlei innere Bewegung. Sein würdevoller Ernst und das hohe Alter beeindruckten mich; Erfahrungen einer ganzen Zeitepoche lagen in seiner Brust verborgen. Er eröffnete das Gespräch mit dem Satz: »Erstaunlich das Leben, ein Himmel, der die widersprüchlichsten Erfahrungen regnen läßt.«

Er schwieg gedankenversunken, als hinge er seinen Erinnerungen nach. Nach einer Weile begann er zu erzählen: »Für mich fing alles an einem schönen Sommertag an. Ich wurde zu König Amenophis dem Dritten und der Großen Königin Teje gerufen. Als ich vor ihnen stand, sagte die Königin: ›Ihr seid ein kluger Mann, Eje, kennt alles Wichtige aus der Welt der Menschen und der Religion. Deshalb haben wir beschlossen, Euch die Erziehung unserer beiden Söhne Thutmosis und Amenophis anzuvertrauen.‹

Ich neigte den kahlgeschorenen Kopf und erwiderte: ›Glücklich kann sich schätzen, wer seinem Gebieter und seiner Gebieterin dienen darf.‹

Thutmosis war sieben Jahre alt, Amenophis sechs Jahre; zwei ganz unterschiedliche Jungen, ja, geradezu gegensätzlicher Natur. Thutmosis war zwar klein, aber kräftig und hübsch, während Amenophis groß war, doch eher schwächlich. Er hatte einen dunklen Teint und mädchenhafte Gesichtszüge, und sein zarter und zugleich wagemutiger Blick hinterließ einen tiefen Eindruck. Nicht lange, und der gutaussehende, kräftige Junge starb, während der zarte, seltsame Junge am Leben blieb. Der Tod seines Bruders nahm Amenophis sehr mit, er weinte lange und heftig. Wann immer dessen Namen fiel, brach er in Tränen aus. Einmal sagte er zu mir: ›Mein Bruder hat Amons Tempel besucht, kannte Zauberformeln und trug Amulette. Trotzdem ist er gestorben.‹ Ein andermal sagte er: ›Wenn Ihr solch ein Weiser und Meister seid, warum macht Ihr ihn dann nicht wieder lebendig?‹

Ich antwortete: ›Seine Seele ist unsterblich, und sie spricht: Leg alle Trauer ab, mein Bruder, denn ich bin dir geblieben.‹

Immer wieder sprachen wir über Leben und Tod, und seine geistige und gefühlsmäßige Regsamkeit verblüffte mich. Er war seinen Altersgenossen weit voraus. Oft genug fragte ich mich, was das für ein seltsamer Junge sei. Konnte es sein, daß dieser Knabe über Wissen aus der Welt des Verborgenen verfügte? Lesen, Schreiben, Rechnen lernte er im Handumdrehen, und allmählich flößten mir seine überragenden Leistungen Furcht ein, was ich auch Königin Teje sagte. Trotzdem erwartete ich sehnsüchtig die nächste Unterrichtsstunde, und wenn es soweit war, eilte ich voller Freude und Begierde zu ihm. Ich malte mir aus, was dieser kluge Kopf, wenn er erst mal den Thron bestiegen hatte, für Wunder zustande bringen würde. Die Herrlichkeit seiner Eltern würde er weit übertreffen. Gewiß, Amenophis der Dritte war ein mächtiger Herrscher, der mit Widersachern und Aufrührern nicht lange fackelte, es sich aber in friedlichen Tagen mit Gelagen und Frauen gutgehen ließ. Es war eine Zeit des Wohlstands und Überflusses, und beides trug dazu bei, daß die Kräfte des Königs frühzeitig aufgezehrt wurden und er verschiedenen Leiden anheimfiel. Seine letzten Tage waren voller Trübsal. Königin Teje kam aus einer ehrwürdigen nubischen Familie. Sie besaß eine solche Kraft und Weisheit, daß sie darin selbst Hatschepsut übertraf. Wegen des Tods ihres erstgeborenen Sohns und wohl auch wegen der zahlreichen Liebschaften ihres Mannes war sie dem zweiten Sohn, diesem Wunderkind, in einer Weise zugetan, die jegliches Maß an Mutterliebe übertraf. Sie war ihm nicht nur Mutter, sondern auch Liebende und Lehrende. Macht ging ihr über alles, und so opferte sie all ihr weibliches Fühlen dem Herrschen. Der Vorwurf der Priester, sie wäre verantwortlich für die Ketzerei ihres Sohns, bestand zu Unrecht, denn in Wahrheit war sie darauf aus, daß ihr Sohn den Glauben an alle Götter in sich vereinte. Sie träumte davon, daß Aton den Platz des herrschenden Gottes einnahm, denn er stand für die Sonne, die allem und jedem, an jeglichem Ort Leben einhauchte. Auf diese Weise wären die Untertanen nicht allein durch Macht, sondern auch durch die Religion miteinander verbunden gewesen. Die Königin zielte darauf ab, im Interesse Ägyptens die Religion in den Dienst der Politik zu stellen, ihrem Sohn aber ging es nur um die Religion und nicht um Politik. Sein ganzes Sinnen trachtete danach, Religion nicht für irgend etwas einzusetzen, sondern umgekehrt, alles sollte der Religion dienen. Die Mutter verfolgte ihre Politik bewußt und geplant, der Sohn hingegen widmete sein

Leben einer Botschaft, für die er Vaterland, Reich und Thron opferte.«

Einen Moment lang schwieg der alte Eje; er rückte die blaue Schärpe über der Brust zurecht. Die dicke Perücke ließ sein Gesicht kleiner erscheinen, als es war.

Nach einem Weilchen fuhr er fort: »Von frühester Kindheit an war er einzigartig; fast hätte man meinen können, daß er mit dem Verstand eines gereiften Priesters auf die Welt gekommen sei. Es war ein Wunder, denn häufig sah ich mich in ein Gespräch verwickelt, bei dem ich mit ihm – und da war er erst zehn Jahre alt – wie mit meinesgleichen redete. Vor lauter Begeisterung sprudelten die Ideen aus ihm heraus wie Fontänen aus einer heißen Quelle. Daß ein so schwächlicher Körper einen solch starken Willen tragen konnte, war unglaublich. Ich fühlte mich in meiner Überzeugung bestätigt, daß der menschliche Geist hundertmal stärker ist als alle geübten Muskeln. Wenn es um Glaubensdinge ging, überstieg sein Eifer jede Erwartung. Ja, es ging so weit, daß er sich kaum Zeit dafür nahm, sich auf die Thronbesteigung vorzubereiten. Keinem Gedanken folgte er widerspruchslos, nie ließ er davon ab, an überlieferten Gegebenheiten und Lehren zu zweifeln. Einmal hatte er sogar die Stirn, sich über Theben auszulassen. ›Theben – eine heilige Stadt!?‹ stieß er verächtlich hervor. ›Das ist ein Sumpf von gierigen Händlern, von Laster und Schande. Und was ist mit den Priestern, Meister? Sie erzählen abergläubisches Zeug, führen die Menschen in die Irre und nehmen von dem wenigen, was die Armen haben, noch etwas weg. Um des angeblichen göttlichen Segens willen verführen sie unschuldige Mädchen, ihre Tempel sind zu Stätten von Unzucht und zügellosem Treiben verkommen. Verflucht sollst du sein, Theben!‹

Ich war beunruhigt. Es kam mir vor, als zeigte er auf mich, seinen Lehrer, und klagte mich an. ›Diese Priester‹, sagte ich, ›sind die feste Grundlage des Throns.‹

›Ein Thron, der auf Lüge und Laster baut, ist bar aller Ehre.‹

›Die Macht der Priester ist genausowenig zu unterschätzen wie die der Armee‹, warnte ich ihn.

›Strolche und Diebe sind auch nicht zu unterschätzen‹, spottete er.

Von Anfang an schlug sein Herz nicht für Amon, den Gebieter über das Allerheiligste, sondern er hielt den Blick auf Aton gerichtet, der mit seinem Licht die Welt erhellt. ›Amon‹, sagte er, ›ist der Gott der Priester, aber Aton ist der Gott von Himmel und Erde.‹

Da bat ich voller Inbrunst: ›Ihr habt die Pflicht, allen Göttern treu ergeben zu sein.‹

Doch er runzelte nur die Stirn und fragte: ›Wieso? Fühlt unser Herz etwa nicht, was wahr und was falsch ist?‹

›Aber in Amons Tempel werdet Ihr eines Tages gekrönt werden.‹ Mein Versuch, ihn damit zu locken, schlug fehl, denn er breitete die dünnen Ärmchen aus und rief: ›Warum kann ich nicht unter freiem Himmel und strahlender Sonne gekrönt werden?‹

›Weil es Amon war, der Euren Vorfahren zum Sieg verhalf.‹

Nachdenklich schwieg er, bevor er sagte: ›Ich kann mir nicht vorstellen, daß ein Gott daran mitwirkt, seine Geschöpfe umzubringen.‹

Meine Unruhe wuchs. ›Er hat seine eigene Weisheit, und die bleibt den Menschen verborgen.‹

›Die Sonne hält ihr Licht nicht zurück, sie strahlt für jedes Geschöpf.‹

Mit Nachdruck in der Stimme mahnte ich: ›Das Leben ist ein ständiger Kampf, vergeßt das nicht.‹

›Ach, Meister, erzählt mir nichts von Kampf. Seht Ihr nicht, welchen Glanz die Sonne über die Felder und den Nil legt, wenn sie in der Frühe aufgeht? Seht Ihr nicht, mit welch zartem Schleier sie die Erde bedeckt, wenn sie untergeht? Hört Ihr nicht den Gesang der Nachtigallen? Das Gurren der Tauben? Habt Ihr noch nie die heilige Freude verspürt, die tief im Herzen schlummert?‹

Ich fühlte, daß mir die Zügel aus den Händen glitten. Der Baum wuchs, wie es ihm gefiel. Die Situation war gefährlich. Ich vertraute meine Befürchtungen Königin Teje an, aber sie teilte meine Sorgen nicht. ›Ach, Eje, er ist doch noch ein unschuldiges Kind‹, wehrte sie ab. ›Er wird das Leben schon noch kennenlernen. Nicht mehr lange, und seine kriegerische Ausbildung beginnt.‹

So war es. Der junge Prinz wurde in eine Einheit aufgenommen, in der die Söhne der Elite dienten. Aber er zeichnete sich nicht sonderlich aus, wofür ihm möglicherweise einfach die Kraft fehlte. Schlimmer noch, er haßte den Kampf mit Waffen. Er mußte sich also einen Fehlschlag eingestehen, der eines Thronfolgers unwürdig war. ›Ich will nicht lernen, wie man tötet‹, erklärte er unwirsch.

Seinen Vater stimmte das sehr traurig. ›Ein König, der nicht zu kämpfen versteht, ist seinen Heerführern auf Gedeih und Verderb ausgeliefert‹, sagte er zu mir.

Der Prinz berichtete immer öfter über Streitigkeiten mit seinem Vater. Aus dieser Zeit stammte offenbar die Abneigung, die er gegenüber seinem mächtigen Vater empfand. Wie aber die Priester dies deuteten, halte ich für übertrieben. Sie beschuldigten ihn doch tatsächlich, seinen Vater nach dessen Tod ein zweites Mal getötet zu haben, indem er dessen Namen aus allen Denkmälern tilgte. Dabei ging es ihm doch gar nicht um den Namen des Vaters, sondern um dessen Verbindung mit Amon. Das sieht man daran, daß er selbst seinen alten Namen ablegte und sich einen neuen erwählte – Echnaton.

Doch der Höhepunkt sollte erst noch kommen, ein nächtliches Erlebnis, das ihn aus all seinen Wurzeln riß. Er hatte die Nacht allein im Garten am Nil verbracht, um den Aufgang der Sonne zu erwarten. Am Morgen, als ich ihn aufsuchte, erfuhr ich, was er erlebt hatte. Das muß im Frühling gewesen sein, denn die Luft war trocken und angenehm kühl. Ich grüßte ihn, aber er starrte mich an, ohne den Gruß zu erwidern. Sein Gesicht war blaß, und die Augen sahen wie verhext aus. ›Meister‹, flüsterte er, ›die Wahrheit ist über mich gekommen.‹

Ich sah ihn bestürzt an, fragte, was er damit meine. Er sagte: ›Ich war gegen Morgengrauen allein, gerade wollte sich die Nacht von mir verabschieden, und die Stille segnete mich. Leichtigkeit erfaßte mich, und mir war zumute, als könnte ich mich mit dem Saum der Nacht auf und davon machen. Das Dunkel war Körper geworden, winkte grüßend. Ein Licht leuchtete in mir auf, verbreitete sich wohlig, und auf einmal sah ich alle Kreaturen versammelt, dicht zusammengedrängt, und flüsternd tauschten sie, erfüllt von Freude und hoffnungsvoller Erwartung, Glückwünsche aus. Endlich, sagte ich mir, habe ich Schmerz und Tod besiegt. Ein Freudentaumel erfaßte mich, die lebenschaffende Glut erfüllte meine Brust mit süßem Nektar, und ganz deutlich hörte ich seine Stimme, die zu mir sprach: Ich bin der einzige und alleinige Gott, es gibt keinen anderen außer mir. Ich bin die Wahrheit. Komm mit deiner Seele in mein Reich, bete allein mich an. Schenk mir dein Sein, da ich dir meine Liebe schenkte.‹

Wir sahen uns lange und eindringlich an. Von Verzweiflung gepackt, schwieg ich.

›Meister, glaubt Ihr mir nicht?‹ fragte er.

›Ihr habt noch nie gelogen‹, erwiderte ich, und es war aufrichtig gemeint.

Befangen in einem seltsamen Rausch, drängte er: ›Dann müßt Ihr mir glauben.‹

Ungeduldig wollte ich wissen, was er denn gesehen habe.

›Ich hörte seine Stimme im Fest der Dämmerung.‹

›Das bedeutet‹, ich zögerte, ›daß da nichts war.‹

›So offenbart er sich eben‹, antwortete er im Brustton der Überzeugung.

›Vielleicht war es Aton.‹

›O nein, weder Aton noch die Sonne. Er ist, was dahinter und was darüber verborgen ist. Er ist der einzige und alleinige Gott.‹

Verwirrt stammelte ich: ›Und wo betet Ihr ihn an?‹

›An jedem Ort, zu jeder Zeit. Er wird mich mit Kraft und Liebe erfüllen.‹«

Der alte Eje verfiel in Schweigen. Nur allzugern hätte ich ihn gefragt, ob er an Echnatons Gott glaubte, aber ich erinnerte mich an meines Vaters Ratschlag und hielt den Mund. Als die Lage kritisch geworden war, hatte sich Eje, wie so viele andere, von Echnatons Glauben abgewandt. Aber woran er wirklich glaubte, das würde wohl für immer ein Geheimnis bleiben.

»Mir blieb nichts anderes übrig«, fuhr Eje fort, »als dem König und der Königin das Geschehene zu berichten. Ein paar Tage später wartete der Thronfolger im Garten auf mich, wo er sich am liebsten aufhielt. Lächelnd, aber doch nicht ohne Vorwurf, sagte er: ›Wieder einmal habt Ihr mich verraten, Meister.‹

›Ich tue nur meine Pflicht, Prinz‹, entgegnete ich bedächtig.

Er lachte. ›Ich hatte ein hitziges Gespräch mit meinem Vater. Als ich ihm mein Erlebnis geschildert hatte, runzelte er die Stirn und erklärte mir, daß ich unbedingt zu Banto, dem Arzt, gehen soll. Ich beteuerte ihm in aller Höflichkeit, daß ich mich bester Gesundheit erfreue und mich sehr wohl fühle, aber er fuhr mich grob an und meinte, daß er noch nie einen Verrückten erlebt habe, der seine Krankheit selbst zugibt. Dann wurde sein Ton schärfer, ja drohend. Ägypten sei das Land vieler Götter, und wer das Reich regierte, müsse alle Götter seines Volks verehren. Der Gott, von dem ich erzählt hätte, wäre ein Nichts und würde es nicht verdienen, in die Gemeinschaft der anderen Götter aufgenommen zu werden. Ich fand die Kraft, mir alles ruhig anzuhören und schließlich nur mit einem Satz zu entgegnen: Er ist der einzige und alleinige Gott, es gibt keinen anderen außer ihm. Da schrie er los, daß das Ketzerei und Wahnsinn sei. Ich wiederholte den Satz, worauf er zornig und mit unheilkündendem Unterton erklärte, daß er mir befiehlt, von meinen Gedanken abzulassen und zum Erbe meiner Vorfahren zurückzukehren. Um ihn nicht zu verletzen, beschloß ich, das Gespräch abzubrechen. Nun war es meine Mutter, die mich sanft bat, doch zu verstehen, daß ich einer heiligen Pflicht nachzukommen hätte. Mein Herz könne schlagen, wofür es wolle, ich müsse nur wieder auf den rechten Weg finden. Ich verließ die beiden, zwar traurig, aber entschlossener als zuvor.‹

Ich sah den Prinzen an, wollte ihm aufrichtig antworten. ›Ein Pharao‹, sagte ich, ›ist ein festgelegtes Gebilde, gewebt aus heiligen Traditionen. Vergeßt das nie.‹ Aber ach, mein Herz sagte mir, daß Ägypten ungeahnte Schwierigkeiten erleben würde. Die ruhmreiche Pharaofamilie, die das Land befreit und das Reich geschaffen hatte, stand am Rand eines Abgrunds. Zu eben jener Zeit, vielleicht auch etwas eher, so genau weiß ich es nicht mehr, bat mich der Hohe Priester Amons zu sich. ›Wir kennen uns seit langer Zeit‹, sagte er, ›was ist wahr an dem, was erzählt wird?‹

Wie gesagt, ich erinnere mich nicht mehr, ob der Thronfolger vor diesem Treffen nur seine Neigung zu Aton bekundet oder ob er sich bereits zu diesem einzigen und alleinigen Gott bekannt hatte. Jedenfalls entgegnete ich dem Hohen Priester: ›Der Prinz ist jung und erlebt gerade eine schwierige Zeit. Er ist ein ganz besonderer Mensch, einen wie ihn treibt die Phantasie mal hier, mal dort hin. Aber nicht lange, und er wird gereift sein und auf den rechten Weg zurückfinden.‹

Mit bitterem Spott fragte der Priester: ›Wie kann es sein, daß sich jemand gegen die Weisheit des trefflichsten aller Lehrer auflehnt?‹

›Wer kann schon den Fluß, wenn er über die Ufer tritt, bändigen und in den richtigen Bahnen halten?‹ fragte ich zurück, um mich zu verteidigen.

›Keiner, der zur Elite dieses Landes gehört, darf auch nur für einen Moment weder den Glauben noch das Vaterland, noch das Imperium vernachlässigen.‹

Tag und Nacht beschäftigte mich die Sorge um den

Prinzen, ob ich nun allein war oder mit meiner Frau Tij und meinen Töchtern Nofretete und Mutnadjmet zusammensaß. Tij und Mutnadjmet beschuldigten den Prinzen der Ketzerei, während Nofretete für seine Ideen spontane Sympathie hegte. ›Er hat recht‹, flüsterte sie mir immer wieder ins Ohr.

An dieser Stelle bietet es sich an, dir etwas über Nofretete zu erzählen. Sie war ungefähr im gleichen Alter wie Echnaton, und wie er war sie geistig ihren Altersgefährtinnen weit voraus. Beide Töchter hatten einen guten Unterricht in allgemeinen und häuslichen Dingen erhalten, dennoch gab es einen Unterschied zwischen ihnen. Mutnadjmet reichte es, lesen, schreiben und rechnen zu können und was ein Mädchen sonst noch beherrschen mußte – Weben, Sticken, Kochen, Zeichnen, Sport und rituelles Tanzen. Nofretete konnte das zwar auch alles, aber sie war darüber hinaus sehr an religiösen und geistigen Fragen interessiert. Sie verspürte eine starke Neigung zu Aton, ja, zu unserem großen Erstaunen glaubte sie an Echnatons Gott und erklärte klipp und klar: ›Allein dieser Gott hat es vermocht, mich von der Qual der Verwirrung zu befreien.‹ Damit zog sie nicht nur den Zorn ihrer Mutter auf sich, sondern auch den Vorwurf ihrer Schwester, sie sei eine Ketzerin.

Zu jener Zeit feierte der König den dreißigsten Jahrestag seiner Thronbesteigung, und zum ersten Mal nahmen wir die Töchter mit in den Palast. Das Schicksal wollte es, daß Nofretete das Herz des Prinzen gewann. Als die beiden dann sogar heirateten, konnten wir das Unfaßbare kaum glauben. Gleich darauf bat mich der Hohe Priester wieder um eine Begegnung. Mit bedeutungsvollem Unterton erklärte er: ›Da gehört Ihr jetzt also zur königlichen Familie, Eje.‹

Ich hatte das Gefühl, daß er mich als Gegner betrachtet. Um so mehr war mir daran gelegen, den Prinzen zu verteidigen. ›Ich gehöre zu denen, die ihr Leben lang ihre Pflicht getan haben‹, erwiderte ich.

Er maß mich mit bedächtigem Blick. ›Lassen wir die Zeit entscheiden, wer ein Mann aus rechtem Schrot und Korn ist.‹ Schließlich forderte er mich auf, ein Treffen mit Nofretete in die Wege zu leiten. Ich tat es, gab ihr aber bestimmte Empfehlungen mit auf den Weg. Um ehrlich zu sein, hatte sie die nicht nötig. Höflich und in wohlgesetzten Worten antwortete sie dem Hohen Priester auf seine Fragen, ohne ihm Geheimnisse anzuvertrauen oder gar etwas zu versprechen. Ich bin überzeugt, daß die Feindschaft der Priester gegenüber meiner Tochter an diesem Tag begonnen hat. Als Nofretete von diesem Treffen zurückkehrte, sagte sie zu mir: ›Das war keine Unterhaltung, Vater, das war ein unterschwelliges Duell. Der Schlaukopf tat, als ginge es ihm um den Erhalt des Imperiums, aber in Wirklichkeit ist er nur auf den Anteil an Nahrung, Wein und Stoffen aus, den sein Tempel bekommt.‹

Am Horizont zeichneten sich dunkle Wolken ab; der Konflikt zwischen dem König und dem Kronprinzen spitzte sich immer stärker zu. Schließlich ließ mich der König kommen und erklärte: ›Ich halte es für richtig, den Prinzen auf eine Reise durchs Reich zu schicken. Er soll das Leben und die Menschen kennenlernen.‹

›Ein guter Gedanke, mein Gebieter.‹

Die letzten Tage des Königs waren gezählt, und er verbrachte sie auf glückliche Weise, nämlich mit einer jungen Geliebten, die seine Enkelin hätte sein können, auch wenn dies seiner Gesundheit abträglich war. Sie hieß Taduchipa und war die Tochter von Tuschratta, dem König von Mitanni. Echnaton verließ jedenfalls Theben, begleitet von einer Schar auserwählter Männer. Es war eine seltsame, aufregende Reise. Wo immer Echnaton hinkam, trat er auf Plätzen oder Feldern seinen Untertanen mit einer Freundlichkeit und Heiterkeit gegenüber, daß sie verblüfft waren. Sie hatten erwartet, einem übermächtigen, gottähnlichen Wesen zu begegnen, das sie entweder überhaupt nicht anschaut oder wenn, dann nur von oben herab. Er lud in den verschiedenen Provinzen die Priester ein und stritt unermüdlich über ihre Glaubensgrundsätze und Gebräuche, die Menschenopfer erlauben. Er kündete von dem einzigen und alleinigen Gott, pries ihn als eine Kraft des Herzens, die für alle Menschen, ob nun Untertan oder Herrscher, wirke. Er rief auf zu Liebe, Frieden, Freude. Die Liebe wäre das Gesetz des Lebens, der Frieden das oberste Ziel, die Freude der Dank der Geschöpfe an den Schöpfer.

Wo immer er hinkam, gab es bestürzte Mienen und heftige Erregung. Ich geriet in Panik. Besorgt mahnte ich: ›Mein Prinz, Ihr entzieht dem Reich die Wurzeln, Ihr laßt es in die Brüche gehen!‹

Aber er lachte nur und sagte: ›Ach, großer Lehrer, wann wird Euer Herz endlich vom neuen Glauben erfüllt sein.‹

Mir war bitter zumute. ›Ihr greift all die frommen Bekenntnisse an, die schon unsere Vorfahren geachtet haben. Ihr verkündet Gleichheit, Liebe, Frieden, was für die Untertanen heißt, daß jeglicher Form von Ungehorsam und Meuterei Tor und Tür geöffnet sind.‹

Für eine Weile dachte er nach, dann fragte er: ›Warum glauben kluge Menschen mit solcher Macht nur ans Schlechte?‹

›Weil sie an die Wirklichkeit glauben.‹

Da erwiderte er lächelnd: ›Ich werde immer von der Wahrheit leben.‹

Als ein Bote kam und uns vom Tod des Großen Pharao unterrichtete, war die Reise beendet.«

Dann erzählte mir Eje von den Ereignissen, die sich überschlugen – die hastige Rückkehr, die Beisetzung, die Thronbesteigung des Prinzen, der nun Amenophis der Vierte hieß und Nofretete als Königin an seiner Seite hatte. Der neue Pharao lud die Größen seines Landes ein und forderte sie auf, sich zu seiner Religion zu bekennen, was sie auch taten. Erst da ernannte er Maj zum Führer des Heers, Haremhab zum Obersten der Wache und ihn, Eje, zum Berater des Throns. Der König hatte natürlich auch den Harem seines Vaters geerbt, doch er machte von den Frauen, auch wenn sie seinen Schutz genossen, keinen Gebrauch. Er verkündete die Senkung der Steuern, und an Stelle von Strafen sollte die Liebe treten. Sein Verhältnis zu den Priestern Amons spitzte sich so sehr zu, daß er schließlich einem Ruf seines Gottes folgte und eine neue Hauptstadt errichten ließ. Offenbar hatte der alte Eje das Gefühl, noch einmal über den Wechsel zum neuen Glauben, den er und die anderen Größen vollzogen hatten, sprechen zu müssen.

»Du wirst«, sagte er, »viel Widersprüchliches darüber hören, aber niemand weiß, was das Herz verbirgt.« Nachdenklich sah er mich an, als fiele es ihm schwer, mehr zu sagen. »Für mich schloß der Glaube an den neuen Gott den an die anderen Götter nicht aus. Es gab kein Anzeichen dafür, daß die freie Ausübung der Religion eingeschränkt wäre.«

Schwierigkeiten schien ihm dagegen die neue Liebesdoktrin bereitet zu haben. »Ich warnte den König«, sagte er. »›Wenn der Beamte keine Angst mehr vor Strafe hat‹, so meine Worte, ›fällt er der Verderbtheit anheim. Die Armen werden darunter schwer zu leiden haben.‹ Aber der König wich von seiner Überzeugung nicht ab. ›Mein lieber Eje‹, erwiderte er, ›Ihr seid noch immer schwach im Glauben. Mit der Zeit werdet Ihr schon sehen, was die Liebe alles vollbringt. Mein Gott wird mich nicht verlassen.‹«

Nach einer Pause sprach der alte Eje weiter. »Wir siedelten in die neue Hauptstadt über, nach Achetaton. Nie hatte das Auge etwas Prächtigeres gesehen, und Prächtigeres wird es auch nicht mehr geben. Das erste Gebet sprachen wir in dem Tempel, der mitten in der Stadt stand. Nofretete, die in jugendlichem Glanz und edler Schönheit strahlte, griff zur Laute und sang mit zarter Stimme:

> O du Lebender, du Schöpfer des Lebens,
> hast die Welt mit deiner Schönheit erfüllt,
> hast uns mit deiner Liebe gefesselt.

Wir verbrachten eine herrliche Zeit, schöner als jeder Traum. Die Tage waren von Glück, Freude und Liebe erfüllt. Die Herzen öffneten sich und folgten gerne dem neuen Glauben. Aber der König vergaß nicht seine Sendung. Im Namen von Liebe, Freude und Frieden stürzte er sich in die schlimmste Schlacht, die Ägypten je heimgesucht hatte. Ohne langes Zögern ging er daran, die Tempel der anderen Götter zu schließen, die Statuen einzuziehen, ihre Namen zu löschen. Selbst seinen Namen änderte er, von jetzt an hieß er Echnaton. Er reiste durchs Land und rief dazu auf, sich zu seiner Religion zu bekennen, zu dem Glauben an den einzigen und alleinigen Gott, an Liebe, Frieden und Freude. Wo immer er erschien, empfingen ihn die Menschen voller Begeisterung. Der Anblick des Königs und seiner Gemahlin prägte sich bei den Menschen tief ein, denn bisher hatten sie immer nur von den Pharaonen gehört, aber nie einen zu Gesicht bekommen.

Doch nicht lange, und Kummer und Trübsal nahmen ihren Lauf, zunächst noch zögerlich, dann heftig hereinbrechend wie eine Sturmflut. Zuerst streckte das Unheil die Hand nach dem aus, was dem König das Liebste war – nach seiner zweitgeborenen Tochter Maketaton, die hübscheste seiner Töchter. Ihr Tod setzte ihm heftig zu, er weinte und weinte. So viel Tränen hatte er nicht einmal in jungen Jahren, als sein Bruder Thutmosis gestorben war, vergossen. Aus tiefstem Herzen schrie und barmte er: ›Warum nur, mein Gott, warum?‹ Es war so schlimm, daß ich glaubte, er würde von seinem Glauben abfallen.

Dann häuften sich die Nachrichten über Korruption in der Verwaltung und im Handel. Das Stöhnen der Armen wurde lauter, war nicht mehr zu überhören. Zu allem Unglück gab es in den Provinzen Revolten, und die Feinde bedrohten unsere Grenzen. Unser Freund Tuschratta, der König von Mitanni, Vater von Taduchipa, wurde getötet. Inständig flehte ich Echnaton an: ›Wir müssen das Reich im Innern säubern und das Heer an die Grenzen schicken, um das Imperium zu verteidigen.‹

Aber er war zu nichts zu bewegen, hielt unerschütterlich an seinem Prinzip fest, das da lautete: ›Meine Waffe ist die Liebe.‹ Ich solle mich in Geduld fassen und abwarten, entgegnete er mir.

Was dann geschah, war so seltsam, daß ich nicht

weiß, wie ich es erklären soll. Die Priester beschuldigten ihn des Wahnsinns, und etliche seiner Männer teilten in den letzten Tagen dieser schwierigen Zeit diese Meinung. Ich war zwar auch ein wenig ratlos was seinen Zustand betraf, aber ich weigerte mich, und das tue ich noch heute, diese Beschuldigung zu teilen. Er war nicht verrückt, auch wenn er sich nicht ganz so wie die anderen verhielt. Er war anders, ich weiß nicht, wie ich es nennen soll.

Die Königinmutter kam zu Besuch, Echnaton freute sich über alle Maßen. Der Empfang war überwältigend, ähnliches hatte die Stadt noch nicht erlebt. Echnaton hatte im Süden Achetatons einen eigenen Palast erbauen lassen, wo die Mutter residierte. Kurz nach ihrer Ankunft bat mich Teje zu sich. Ich war bestürzt über ihr Aussehen; sie sah krank aus und war vorzeitig gealtert.

›Ich bin gekommen‹, sagte sie, ›um mit meinem Sohn lange und in aller Ruhe zu reden, aber vorher wollte ich erst mit Euch als seinem Berater sprechen.‹

›Ich habe meine Pflicht immer getreulich erfüllt.‹

›Das glaube ich gern, Eje, nur müssen wir aufpassen, daß unser Erbe nicht sinnlos verschleudert wird. Ich möchte Euch offen heraus fragen, ob Ihr meinem Sohn, was auch immer mit ihm geschieht, treu zur Seite steht.‹

›Daran besteht nicht der geringste Zweifel.‹

›Könnte es sein, daß Ihr Euch an einem bestimmten Punkt von Eurer Loyalität entbunden fühlt?‹

›Ich sehe mich als Mitglied seiner Familie, also werde ich ihn nie verlassen.‹

Erleichtert atmete die Große Königin auf. ›Habt Dank, Eje. Die Situation ist sehr gefährlich. Glaubt Ihr, daß die anderen Männer mit der gleichen Stärke wie Ihr zu ihm halten?‹

Für einen Moment überlegte ich. ›Zumindest an einigen würde ich nicht zweifeln.‹

Besorgt fragte die Königin: ›Was ist mit Haremhab? Was meint Ihr?‹

Ohne zu zögern, erwiderte ich: ›Er ist treu, war dem König schon in der Jugend ein guter Kamerad.‹

›Aber genau er macht mir Sorge, Eje.‹

›Nun ja, er hat viel Macht, aber deshalb ist er nicht weniger treu als des Königs Vertrauter Merire.‹

Das Gespräch zwischen Teje und dem König fand statt, aber wie wir alle scheiterte auch sie bei dem Versuch, ihn von einer anderen Politik zu überzeugen. Enttäuscht kehrte sie nach Theben zurück. Wenig später verschlechterte sich ihr Zustand, und sie, die Mitgestalterin einer prachtvollen königlichen Ära, starb.

Die Lage verschlechterte sich von Tag zu Tag, und schließlich versagten alle Provinzen dem König die Gefolgschaft. Wir lebten mit unserem einzigen und alleinigen Gott in einem Gefängnis, das Achetaton hieß. Jeder sah die Katastrophe auf uns zukommen, nur Echnaton nicht. Unbeirrt erklärte er: ›Mein Gott steht zu mir, er wird mich nicht verlassen.‹

Das Unerwartete geschah: Abgesichert durch eine Eskorte, gegen die wir nichts ausrichten konnten, zog der Hohe Priester Amons, als Kaufmann verkleidet, in die Stadt ein. Ich hatte Verdacht geschöpft, und so kam es, daß ich ihn als erster in seinem Palast aufsuchte. Verwirrt starrte ich ihn an und fragte: ›Warum versteckt Ihr Euch, obwohl Ihr doch wißt, daß der König niemandem ein Leid antut?‹

Er überhörte die Frage und sagte statt dessen: ›Verschafft mir eine Begegnung mit den führenden Leuten.‹

Das Treffen kam zustande, und zwar im Garten des Palasts der verstorbenen Königinmutter. Es war uns klar, daß der Hohe Priester aus der Position des Stärkeren heraus sprach. Er forderte uns auf, mit ihm zusammenzuarbeiten, um den Menschen ein Blutvergießen zu ersparen. Er sprach eine letzte Warnung, dann verließ er uns. Wir alle hatten das Gefühl, daß eine Schlange zu unseren Füßen kroch. Ich wußte nicht so recht, was ich von dem Mann halten sollte; ich hatte ihm immer mißtraut. Ich vermutete, daß er uns etwas Wichtiges verschwiegen hatte. Offenbar befürchtete er, daß nicht alle Truppen in den Provinzen hinter ihm standen und es zu einem schrecklichen Gemetzel kommen würde, dessen Ausgang ungewiß war. Entweder siegten seine Verbündeten, allerdings zu einem hohen Preis, oder er mußte eine Niederlage hinnehmen. Die Gefahr, die über seinem Haupt schwebte, war also nicht geringer als die, die uns bedrohte. Aber ob nun so oder so – Ägypten wäre der Verlierer. Nachdem der Hohe Priester uns verlassen hatte, blieben wir alle sitzen. Wir spürten, daß wir einen Beschluß fassen mußten.«

An dieser Stelle unterbrach ich ungewollt und zum ersten Mal den alten Eje. »Wer war von den Gefolgsleuten des Königs bei dieser Begegnung dabei?«

Er kniff die Lider zusammen und nahm sich Zeit für die Antwort. »Ich kann mich nicht mehr erinnern, es ist ja Jahre her. Aber ich kann mit Bestimmtheit sagen, daß Haremhab und Nachet anwesend waren, möglicherweise auch Toto, der Minister für Korrespondenzen. Haremhab war es, der als erster das Wort ergriff. ›Ich bin sein Freund und der Führer seiner Wache‹, sagte er und sah uns mit seinen honigfarbenen Augen forschend an. Mit ruhiger, energischer Stimme fuhr er fort: ›Soll das Land gerettet werden, muß eine Entscheidung fallen.‹

Keiner erhob Einspruch. Also suchten wir den König um eine Audienz nach. Als es soweit war, führten wir vor dem Thron pflichtgemäß die traditionelle Begrüßungszeremonie auf. Echnaton lächelte hoheitsvoll, aber Nofretete verzog keine Miene, ließ ihr sonstiges Strahlen vermissen.

›Ihr bringt nichts Gutes mit Euch!‹ eröffnete Echnaton das Gespräch, worauf Haremhab erwiderte: ›Wir sind gekommen, weil uns das Wohl Ägyptens am Herzen liegt, Hoher Gebieter.‹

Ruhig und gelassen sprach Echnaton: ›Ich arbeite unermüdlich für das Wohl Ägyptens und der ganzen Welt.‹

›Das Land steht am Rand eines vernichtenden Kriegs. Es muß dringend etwas getan werden, damit nicht alles zerstört wird.‹

›Habt Ihr einen Vorschlag?‹

›Es bleibt nichts anderes übrig, als die Glaubensfreiheit zu verkünden und dem Heer den Befehl zu geben, die Grenzen des Imperiums zu verteidigen.‹

Der König schüttelte das Haupt, das die Krone der beiden Länder zierte, und entgegnete: ›Das würde den Rückfall in die Gottlosigkeit bedeuten. Es steht mir nicht zu, einen Beschluß zu fassen, der nicht auf dem Willen des einzigen und alleinigen Gottes beruht.‹

Haremhab sah den König scharf an. ›Hoher Gebieter, natürlich steht Euch das Recht zu, an Eurer Überzeugung festzuhalten, nur müßt Ihr dann vom Thron zurücktreten.‹

Echnatons Augen glühten wie der Glanz der Sonne. ›Ich werde niemals Verrat am Recht meines teuren

Gottes begehen, indem ich seinen Thron verlasse!‹ Er drehte sich zu mir um, sah mich an, und plötzlich hatte ich das Gefühl, in den tiefsten Abgrund zu fallen. Trotzdem erklärte ich: ›Mein Gebieter, es ist der einzige Weg, um Euch und Eure Überzeugung zu verteidigen.‹

›Geht, zieht in Frieden dahin‹, murmelte er traurig.

›Wir lassen Euch Zeit zum Überlegen‹, sagte Haremhab.

Als ich mit den anderen hinausging, empfand ich unendlichen Schmerz. Bis heute ist er nicht von mir gewichen.

In den folgenden Tagen ereignete sich Schwerwiegendes. Nofretete verließ den Palast des Pharaos und zog sich in ihren Palast im Norden von Achetaton zurück. Da mir nicht klar war, warum sie dies getan hatte, besuchte ich sie. Auf meine Frage gab sie die seltsame Antwort: ›Ich werde hier bleiben, bis ich sterbe.‹ Mehr zu sagen, war sie nicht bereit. Echnaton verkündete, daß sein Bruder Semenchra den Thron mit ihm teilen würde, aber die Priester Thebens erkannten Tutenchamon, den zweiten Bruder, als König an, und damit sprachen sie sowohl Echnaton als auch Semenchra die Herrschaft ab. Echnaton blieb nur noch die Wahl zwischen Aufgabe oder Krieg. Haremhab bat nochmals um ein Gespräch, aber der König bestand auf seiner Meinung. ›Ich verrate meinen Gott nicht, er wird mich nicht verlassen‹, erklärte er verbissen. ›Ich bleibe auf meinem Platz, selbst wenn ich ganz allein stehe.‹

›Hoher Gebieter, bitte verlaßt Achetaton und geht nach Theben‹, flehte Haremhab ihn an. ›Auf diese Weise könntet Ihr die Einheit des Landes wiederherstellen, und das Gespenst von Krieg und Zerstörung wäre gebannt. Ich gebe Euch mein Wort, daß Euch weder lebend noch tot Schmach oder Schaden angetan wird. Nur der Wunsch, das Land und Euch zu retten, hat uns dazu gebracht, Euch um die Rückkehr nach Theben zu bitten.‹

Da rief Echnaton mit leidenschaftlichem Eifer: ›Tut, was Ihr wollt! Ich werde Euch nicht wegen der Schwäche Eures Glaubens schelten. Mich muß niemand beschützen, denn mit mir ist mein Gott, und er wird mich nicht verlassen.‹

Niedergeschlagen und bedrückt taten wir, was beschlossen war, und wenig später folgten uns die Bewohner der Stadt. Außer Echnaton und Nofretete, beide in ihren Palästen, und einer Handvoll Wachen und Sklaven gab es kein Lebewesen mehr. Kurze Zeit darauf befiel Echnaton, der nie Ruhe gekannt hatte, eine Krankheit, und er starb einsam und allein. Noch auf dem Sterbebett soll er mit schwacher Stimme gemurmelt haben:

Du bist es, der den Keim in der Frau schafft,
der den Samen im Mann macht,
der dem Kind im Leib der Mutter Leben gibt.
Wer deiner gedenkt, ist nicht einsam,
und erst, wenn dir die Zügel entgleiten,
taucht die Erde in Finsternis ein,
als wär sie öd und unbeseelt.‹«

Eje versank in Schweigen, als fiele es ihm schwer, aus dem Strom der Erinnerungen aufzutauchen. Dann sah er mich liebevoll an und sagte: »Das ist die Geschichte Echnatons, der heute nur noch der Ketzer genannt und mit Flüchen bedacht wird. Ich kann den Schaden, den das Land seinetwegen erleiden mußte, nicht leugnen, denn die schweren Konflikte haben dem Imperium zugesetzt und es zerstört. Aber ich muß auch eingestehen, daß ich meine Liebe zu ihm und die Bewunderung für ihn mir nicht aus dem Herzen reißen kann. Überlassen wir also das endgültige Urteil Osiris, dem Herrscher über die ewige Welt.«

Ich verließ den Palast des Weisen Eje und war überzeugt, daß auch über ihn das endgültige Urteil erst gefällt wird, wenn sein Herz vor Osiris' Thron auf der Waagschale liegt.

Haremhab

Ein mittelgroßer Mann war er, kräftig gebaut, und er strahlte Entschlossenheit und Aufrichtigkeit aus. Er war der Abkömmling einer geistlichen Familie aus Memphis, aus der zahlreiche Ärzte, Priester und Offiziere hervorgegangen waren. Sein Vater hatte es auf Grund seines Postens – er war am Hof von Amenophis dem Dritten Aufseher über die Pferde gewesen – als erster geschafft, in die Oberschicht aufzusteigen. Haremhab war es als einzigem aus Echnatons Gefolge gelungen, die Stellung des Obersten der Wache auch in der neuen Epoche zu behalten. Man hatte ihn damit beauftragt, im Innern des Landes die Korruption zu beseitigen und für Ordnung und Sicherheit zu sorgen. Das tat er mit großem Erfolg. Sowohl der Hohe Priester Amons als auch der Weise Eje bestätigten und bezeugten, daß Haremhab der Held der Stunde war, als die alte Macht unter schwierigen Umständen abtreten mußte.

Er empfing mich in der Empfangshalle seines Palasts, die an den Garten grenzte. Hier folgt sein Bericht über den »Ketzer«.

»Schon vor seiner Krönung war er mein Freund und Gefährte gewesen, wir kannten uns seit der Jugendzeit. Seit damals und bis heute, da ich ihn für immer verabschiedet habe, war er mit nichts anderem beschäftigt als mit der Religion.«

Er machte eine Pause, als müßte er seine Gedanken

sammeln. Dann fuhr er fort: »Ich habe ihm immer, schon in der Jugendzeit, den Respekt erwiesen, der ihm zustand. Ich bin nach dem Prinzip erzogen worden, daß die Pflicht heilig ist und jede Aufgabe ohne Rücksicht auf persönliche Gefühle erfüllt werden muß. Echnaton war der Kronprinz, ich einer seiner Untertanen, also hatte ich ihn zu respektieren. Doch insgeheim verachtete ich ihn, und zwar wegen seiner Schwächlichkeit und seinem weibischen Aussehen. Ich konnte mir nicht vorstellen, ihm jemals ein wirklicher Freund zu sein. Aber genau das geschah – ich wurde in des Wortes vollster Bedeutung sein wahrer Freund. Es wundert mich noch heute, wie es geschehen konnte. Vielleicht lag es daran, daß ich seiner feinen, wohlerzogenen Art, von der ein großer Zauber ausging, nicht widerstehen konnte. Er besaß eine erstaunliche Kraft, die Herzen zu erobern und die Seelen gefangenzunehmen. Hat ihm nicht das ganze Volk zugejubelt, als er es aufforderte, von den Göttern der Vor- und Urahnen abzulassen? Wir beide, er und ich, waren zwar von höchst unterschiedlicher Natur, aber das hielt uns nicht davon ab, uns auf eine sehr beständige Freundschaft einzulassen. Sie war stark genug, so lange allen Stürmen zu trotzen, bis sich uns schließlich ein unzerstörbarer Fels in den Weg legte. Ach, ich sehe ihn vor mir, wie er lächelnd sagte: ›Haremhab, du mein wildes, blutrünstiges Tier, ich liebe dich.‹ Vergeblich suchte ich nach irgend etwas, was wir gemeinsam hatten. Des öfteren lud ich ihn zur Jagd ein, meiner Lieblingsbeschäftigung. Aber ich bekam immer nur zu hören: ›Beschmutz nicht die Liebe, die das Herz des Seins pulsieren läßt.‹

Militärische Kleidung mochte er nicht. Wenn er mich in kurzer Hose und Kappe auf dem Kopf sah, spottete er: ›Ist es nicht seltsam, daß gebildete Menschen zum Töten erzogen werden und es sogar als Beruf ausüben?‹

Einmal, als ich genug von diesen Bemerkungen hatte, entgegnete ich: ›Was würde wohl Euer ruhmreicher Großvater Thutmosis der Dritte sagen, wenn er Euch so reden hörte?‹

›Mein Großvater und ruhmreich? Er hat seinen Ruhm auf einer Pyramide elender Leichname errichtet! Sieh dir sein Bild an der Wand im Tempel an, wie er Amon Sklaven als Opfer bringt. Was für ein Ruhm, was für ein blutrünstiger Gott!‹

Als Freund, sagte ich mir, ist er trotz aller wirren Ideen annehmbar, aber was wäre, wenn er erst auf dem Thron sitzen würde? Ich konnte ihn mir einfach nicht als König vorstellen, als einen der großen Pharaonen Ägyptens. Und von dieser Meinung bin ich auch nie abgewichen, nicht einmal in den glücklichsten Zeiten, als noch eitel Freude herrschte. Im Gegenteil, gerade in heiteren und unbeschwerten Tagen schien er mir von pharaonischer Würde und Größe weit entfernt zu sein.

Eines Tages wurde ich zum ersten Mal mit der Leitung einer militärischen Strafexpedition betraut, die einen Aufstand in einer Provinz des Imperiums niederschlagen sollte. Ich trug einen großartigen Sieg davon und kehrte mit fetter Beute und vielen Gefangenen zurück. Amenophis der Dritte belohnte mich fürstlich, und auch der Kronprinz beglückwünschte mich zu meiner glücklichen Rückkehr. Ich lud ihn ein, die Gefangenen in Augenschein zu nehmen. Er schritt die Reihen der spärlich bekleideten und in Ketten gelegten Männer ab, sah sie sich lange und gründlich an. Sie starrten ihn mitleidheischend an, als hätten sie seinem Blick die Schwäche angemerkt. Sein Gesicht verzog sich gequält, er sah niedergeschlagen aus. Schließlich wandte er sich mit sanfter Stimme an die Gefangenen. ›Seid getrost, euch wird nichts geschehen.‹

Ich war schrecklich aufgebracht, wußte ich doch, daß sie schwer gezüchtigt werden würden, bis sie sich wieder an Zucht und Ordnung gewöhnt hatten. Als wir zusammen weitergingen, fragte er mich lächelnd: ›Nun, Haremhab, bist du stolz auf das, was du angerichtet hast?‹

Offen und frei heraus erwiderte ich: ›Aber ja, mein Prinz, und ich habe mir diesen Stolz auch verdient.‹

›Was für ein Unglück‹, murmelte er düster, um gleich darauf belustigt loszulachen und zu sagen: ›Weißt du, was du bist, Haremhab? Ein gemeiner Räuber und Dieb.‹

Kaum zu glauben, daß dies die Worte des Prinzen waren, der einst auf dem Thron sitzen sollte. Dennoch drängte es mich, mir seine Freundschaft und Zuneigung zu erhalten, und wenn ich mich auch von seinen seltsamen Gedanken nicht beeinflussen ließ, konnte ich nicht davon ablassen, sie aufmerksam zu verfolgen. Es war, als lauschte man einer Stimme, die mit dem irdischen Treiben der Menschen in keinem Zusammenhang steht. Noch heute frage ich mich, wie er mein Freund sein konnte und warum ich ihn mochte. Da fällt mir ein Gespräch ein, das wir in seiner Klause im Garten des königlichen Palasts führten. Er fragte mich: ›Warum betest du eigentlich Amon an?‹

Die Frage traf mich unerwartet, und was noch schlimmer war, ich wußte keine Antwort, die ihn und mich befriedigt hätte. Da ich stumm vor mich hin brütete, fragte er weiter: ›Glaubst du wirklich an Amon und an das, was du über ihn gelernt hast?‹

Ich überlegte ein Weilchen, dann antwortete ich: ›Nicht so, wie die anderen an ihn glauben.‹

Er schaute mich mit ernstem Gesicht an. ›Entweder man glaubt, oder man glaubt nicht. Etwas Drittes gibt es nicht.‹

›Religion interessiert mich nicht, für mich gehört sie einfach nur zu Ägyptens verwurzelten Traditionen.‹

›Weißt du was, Haremhab, du betest nur einen an – dich selbst.‹

Wütend fuhr ich ihn an: ›Ihr solltet besser sagen, daß ich Ägypten anbete.‹

›Bist du nie versucht, hinter die Geheimnisse des Lebens zu kommen?‹

›Wenn überhaupt, dann weiß ich, wie ich einen solchen Anfall unterdrücken kann.‹

›Was für ein Jammer! Aber was tust du für deine Seele?‹

Allmählich wurde ich der Fragerei überdrüssig, deshalb erwiderte ich scharf: ›Für mich ist die Pflicht heilig. Und eine Grabstätte habe ich mir auch schon gebaut.‹

Er seufzte. ›Ob du wohl eines Tages die Freude der Nähe auskosten kannst?‹

›Welcher Nähe?‹

›Die Nähe zum einzigen und alleinigen Schöpfer alles Seins.‹

Ich grinste verächtlich. ›Warum sollte er einzig sein?‹

›Weil er so mächtig und erhaben ist, daß für einen anderen Gott kein Raum mehr bleibt.‹

Ach, was für ein zartes Jüngelchen er war! Wenn irgend möglich mied er den Palast, dafür streifte er um so lieber im Garten umher. Wie die feinen Damen war er in Blumen, Gesang und Vögel verliebt. Warum war er nicht als Frau auf die Welt gekommen? Bestimmt hatte die Natur ihn dafür vorgesehen, aber im letzten Moment war sie zum Schaden Ägyptens davon abgekommen.«

Haremhab schwieg einen Moment, bevor er fortfuhr: »Sein Schicksal war endgültig besiegelt, als er Nofretete heiratete. Sie erschien zum ersten Mal im Palast anläßlich des dreißigjährigen Thronjubiläums des Königs. Alle Welt war von ihrer Schönheit geblendet. Sie tanzte mit den Töchtern der hohen Herren, aber der Höhepunkt kam, als sie mit unglaublich melodischer Stimme sang:

O Brüderlein mein, laß uns laufen zum See,
schau mir zu, wenn ich schreite zum Bade,
ergötz dich an der Schönheit unterm linnen Kleid,
wenn es naß sich schmiegt an den Leib.
O komm, mein Bruder, und sieh mir zu.

Ich bin überzeugt, daß ihre Eltern diesen Auftritt gut vorbereitet hatten; sie wollten ihr wohl den Weg zum Thron ebnen. Vergeßt nicht, daß Eje der Erzieher des Prinzen war, also genügend Gelegenheiten hatte, auf dessen schwachen Charakter Einfluß zu nehmen und ihn in die Falle zu treiben. Wie auch immer, jedenfalls rief Nofretete nicht nur die Bewunderung des Prinzen hervor, sondern auch die seiner Mutter, und nicht lange, und die beiden heirateten. Ich erinnere mich, daß der Hohe Priester Amons auf der Hochzeitsfeier zu mir sagte: ›Vielleicht bringt die Ehe wieder in Ordnung, was jugendlicher Leichtsinn verdorben hat.‹

›Wie man sieht, ist sie von einfacher Herkunft‹, entgegnete ich. ›Vom Thron hat sie nicht einmal zu träumen gewagt, da wird sie es nicht riskieren, den königlichen Gemahl zu erzürnen.‹ Ich war mir nicht sicher, ob Nofretete diesen schwächlichen Burschen auch dann geheiratet hätte, wenn er nicht Kronprinz gewesen wäre. Denn eines war klar, der kühne Reiter aus Jungmädchenträumen war er sicherlich nicht, selbst eine Bauerngöre hätte von ihm nicht geträumt.

Nach der Hochzeit legte es der Kronprinz mit noch größerem Eifer darauf an, mit den Traditionen zu brechen. Mir waren seine seltsamen Behauptungen, daß sich ihm sein Gott offenbart und er dessen Stimme gehört hätte, erst ziemlich spät zu Ohren gekommen. Aber im gleichen Augenblick sah ich die Zukunft finster wie die Nacht. Als die Spannungen zwischen Vater und Sohn immer größer wurden, befahl Amenophis der Dritte, den Prinzen auf eine Reise durchs Reich zu schicken.«

Haremhab kam auf die Reise zu sprechen. Er erzählte, wie Echnaton mit den Untertanen Gespräche führte und ihnen die neue Religion als Strom von Liebe und Gleichberechtigung pries, aber das war das gleiche, was mir schon der Weise Eje erzählt hatte. Schließlich sagte er: »Zum ersten Mal überwältigte mich trotz unserer treuen Freundschaft der Wunsch, Echnaton mit meinem eigenen Schwert zu töten, bevor er uns alle in den Ruin stürzt. Um es ganz deutlich zu sagen – ich wollte ihn umbringen, ohne Haß gegen ihn zu verspüren. Da starb Amenophis der Dritte, und Echnaton wurde gekrönt. Kaum saß er auf dem Thron, rief er alle führenden Männer zu sich, und zwar einen nach dem anderen, und forderte sie auf, sich seiner Religion anzuschließen. Schließlich war ich an der Reihe. Ohne lange zu fackeln, erklärte er: ›Mein lieber Haremhab, wer mit mir künftig zusammenarbeiten will, muß seinen Glauben an den einzigen und alleinigen Gott bekennen.‹

Mit der mir eigenen Offenheit erwiderte ich: ›Ihr wißt, was ich über Religion und Götter denke, mein Gebieter. Aber da ich ein Mann der Pflicht und Diener des Throns bin und meinem Land dienen will, bekenne ich mich zum Glauben an den einzigen Gott.‹

Er lächelte. ›Ist gut, Haremhab, das reicht mir im Augenblick. Schön, daß ich dich nicht entbehren muß. Wart's ab, eines Tages wirst du die Gnade des wahren Glaubens leibhaftig erleben.‹

Von da an war alles anders – König, Gott, das ganze Leben. Neben dem Glauben war nichts mehr wichtig. Aber ich muß zugeben, daß Echnaton über eine Kraft verfügte, die ich nie zuvor an ihm bemerkt hatte. Trotz aller körperlichen Schwächen und seiner weibischen Art strahlte er eine ungeheure Entschlossenheit aus. Lodernd wie verzehrende Flammen ging er seinen Weg, ja, er nahm sogar den Kampf mit den Stärksten im Land auf, den Priestern. Nichts war vor ihm sicher, nicht die magischen Rituale, nicht die Amulette, nicht einmal die uralten, verwurzelten Traditionen. Und erst Nofretete! Sie trat auf, als wäre sie einzig dafür geboren, eine genauso mächtige Königin zu sein wie Teje und Hatschepsut. Alles, was mit dem Königreich zusammenhing, hielt sie in Händen, während Echnaton sich völlig seiner göttlichen Mission widmete. Aber auch sie, und den Eindruck hatten alle, hing zu unserem großen Bedauern dem neuen Glauben mit unvorstellbarer Inbrunst an. Nun ja, über diese Frau ist schon alles, was gesagt werden kann, gesagt, und ich persönlich hasse es, bekannte Dinge zu wiederholen. Trotzdem will ich eins betonen – der Glaube dieser Frau ist ein bis heute ungelöstes

Rätsel. Manchmal hielt ich sie für aufrichtig, aber dann hatte ich auch wieder meine Zweifel. Schützte sie den Glauben nur vor, um ihre Macht zu behaupten? Ermutigte sie etwa ihren Gatten, sich ganz und gar seiner Religion zu widmen, damit sie allein über Land und Leute herrschen konnte? Und welche Rolle spielte ihr Vater dabei? War sie vielleicht nur sein Werkzeug? Die Priester versuchten, sie vor den Folgen zu warnen, aber sie schlug alles in den Wind. Von da an war klar, daß die Priester sie haßten, was sich bis auf den heutigen Tag nicht geändert hat. In Echnaton hatten sie sich auch sehr getäuscht. Sie glaubten, daß er schwach sei und nicht die Kraft besitze, sich zu behaupten, Gegner zu bekämpfen und Neues zu erschaffen. Deshalb hielten sie seine Mutter, die Königin Teje, für die geistige Anstifterin und Nofretete für diejenige, die ihn in seiner Hartnäckigkeit und Sturheit bestärkte. Aber das stimmt nicht, das ist ganz falsch. Zweifelsohne hat sich Echnaton all diese Spinnereien ganz allein ausgedacht.

Mit dem Umzug in die neue Hauptstadt Achetaton verkündete er seinen Feldzug gegen die anderen Götter. Übereifrig machte er sich daran, seinen Glauben in den Provinzen zu verbreiten.

Wir genossen die Tage des Triumphs, wir waren glücklich und lebten sorglos dahin. Fast kam es mir vor, als wäre es diesem wirren Jüngling vorherbestimmt, die Grundfesten der Welt zu erschüttern, um sie nach eigenem Plan wieder neu aufzubauen. Voller Staunen verfolgte ich seinen Eroberungszug durch die Provinzen und den überwältigenden Empfang, den ihm die Massen bereiteten. Von Echnaton ging plötzlich eine Kraft aus, die er mit verblüffender Geschicklichkeit einsetzte. Trotzdem bohrte in mir immer noch der Zweifel, ob diese neue Welt von Bestand sein würde. Könnte sie dem Zahn der Zeit widerstehen? Sollte es möglich sein, daß Liebe, Frieden und Freude die Dinge im Gleichgewicht halten könnten? Sollten sich alle bisherigen Wahrheiten und Erfahrungen des Lebens als entbehrlich erweisen?

Nofretete, die in den Gedanken der Menschen lesen konnte, sprach mich eines Tages unvermittelt an. ›Echnaton hat eine Offenbarung erfahren, und sein Gott, der ihn mit seiner Liebe überschüttet, wird ihn nicht verlassen. Der Sieg ist unser.‹

Als ich mit Minister Nachet, den ich noch heute für einen sehr fähigen Politiker halte, einmal beim Wein saß, fragte ich ihn offen und frei heraus: ›Glaubt Ihr wirklich an den einzigen und alleinigen Gott, den Gott der Liebe und des Friedens?‹

›Ja, aber ich habe etwas dagegen, daß es die anderen Götter nicht mehr geben soll.‹

Ich fühlte Erleichterung. ›Also wollt Ihr den Mittelweg? Habt Ihr den König darauf hingewiesen?‹

›Gewiß, nur hält er das für Gotteslästerung.‹

›Und Nofretete?‹

Er zuckte bedauernd mit den Schultern. ›Sie spricht seine Sprache.‹«

Haremhab erzählte dann vom Umschwung im Innern des Landes und in den Provinzen, aber im Grunde war es das gleiche, was ich schon vom Hohen Priester Amons und vom Weisen Eje wußte. Interessant wurde es erst wieder, als er auf eine Unterredung mit Echnaton zu sprechen kam.

»Ich riet ihm, die bisherige Politik umgehend zu ändern. Aber jeden Schritt, der auch nur im leisesten als Rückzug hätte gewertet werden können, lehnte er schlichtweg ab. Statt dessen berauschte er sich an seiner Begeisterung, rief sogar: ›Die göttliche Schlacht muß weitergehen, bis zu ihrem Ende! Und das Ende kann nur der Sieg sein!‹

Freundschaftlich klopfte er mir auf die Schulter. ›Sei nicht wie diese armseligen Kreaturen, die auf ihrer Liebe zum Elend beharren.‹

Aber die Lage verschlechterte sich zusehends, und da war es wieder soweit, daß ich mir wünschte, ihn mit meinem Schwert zu töten, um das Land von seinem Wahnsinn zu befreien. Aus Liebe und Treue wollte ich ihn umbringen. Es wurde mir immer klarer, daß das, was dieser schwächliche Körper an ungeheurer Kraft hervorbrachte, nichts anderes als rasender Wahnsinn war, den man bändigen und dem man Einhalt gebieten mußte. Als die Krise ihren Höhepunkt erreicht hatte, kam die Königinmutter Teje zu Besuch. Sie bat mich, in ihrem Palast im Süden Achetatons zu erscheinen. ›Ich werde eine lange und ausführliche Unterredung mit dem König haben‹, erklärte sie. Worauf ich die Hoffnung äußerte, daß sie mehr Erfolg hätte als wir. Sie sah mich durchdringend an, o ja, ich kannte diesen eindringlichen Blick, und fragte: ›Habt Ihr auf Grund der Ereignisse versucht, mit dem König offen und ehrlich über die Lage zu sprechen, damit er seine Meinung ändert?‹

Da ich wußte, daß sie jedes Zögern bei einer Antwort meistens mißdeutete, beeilte ich mich zu sagen: ›Ich habe ihm, Hohe Gebieterin, eine Veränderung der Politik nach innen und außen vorgeschlagen.‹

Sie atmete erleichtert auf. ›Anderes haben wir von einem getreuen Untertan wie Euch auch nicht erwartet.‹

›Er ist nicht nur mein König, er ist auch mein Freund.‹

›Versprecht Ihr mir, Haremhab, daß Ihr ihm, wie auch immer die Umstände sein mögen, die Treue haltet?‹

Ich überlegte blitzschnell. ›Jawohl, gleichgültig wie die Lage sich entwickeln wird, ich werde treu zu ihm stehen.‹

Ihr Gesicht entspannte sich. ›Es gibt Leute, die seinen Kopf fordern. Ihr habt die Macht, ihn zu beschützen. Über kurz oder lang wird man wahrscheinlich versuchen, Euch auf die andere Seite zu ziehen.‹

Ich wiederholte das Versprechen, ihrem Sohn treu und redlich zu dienen. Und das tat ich ja dann auch, denn mittlerweile war ich zu der Überzeugung gekommen, daß ich den König am besten beschütze, wenn ich ihn verlasse. Die Unterredung der Königinmutter mit Echnaton war ein Fehlschlag, obwohl doch alle Welt wußte, welche Macht sie über ihn ausübte. Sie verließ Achetaton, um in großem Kummer zu sterben. Der Würgegriff von Echnatons Feinden wurde in der Stadt des neuen Gottes immer bedrohlicher. Da dämmerte es mir, daß dieser Gott unfähig war, sich zu verteidigen, geschweige denn seinen auserwählten Liebling. Wir mußten den bitteren Kelch leeren, vom Norden und vom Süden her bedrohte uns der Tod. Aber er, Echnaton, gab nicht auf, mehr noch, sein Widerstand wurde noch sturer und verbissener. Die Flamme seines gläubigen Rauschs war nicht zu ersticken, und seine feststehende Redewendung lautete: ›Mein Gott wird mich nicht verlassen, ihr Kleingläubigen.‹

Wann immer ich in dieses siegesgewisse, strahlende Gesicht schaute, wuchs meine Überzeugung, daß er verrückt war. O nein, das war keine Glaubensschlacht, wie es vielleicht nach außen hin aussah, da tobte sich der blanke Wahnsinn im Kopf eines Mannes aus, der bereits mit der Aura von Abartigkeit geboren worden war.

Der Hohe Priester Amons erschien in Achetaton und warnte uns zum letzten Mal. Er griff nach meiner Hand, hielt sie fest umklammert und sagte: ›Haremhab, Ihr seid ein Mann, der seine Pflicht kennt. Hört auf Euer Gewissen, und tut das, was von Euch erwartet wird.‹

Um ehrlich zu sein, rechnete ich es diesem Mann hoch an, daß er jedes Rachegelüst unterdrückte und es ihm einzig und allein darum ging, dem Land noch mehr Leid zu ersparen. Kurzum, wir forderten den König auf, sich mit uns zu treffen. Es war eine schwierige, schmerzliche und traurige Begegnung. Wir mußten einem Mann die Gefolgschaft aufkündigen, für den außer der Liebe nichts existierte. Ein Mann, dessen Wahnsinn einen wundersamen Traum hervorgebracht hatte, an dessen vermeintlichem Glück wir alle teilhaben sollten. Ich gab ihm den Rat, sofort die Glaubensfreiheit zu verkünden und das Imperium militärisch zu verteidigen. Als er strikt ablehnte, schlug ich vor, daß er abtreten und sich ganz der Verbreitung seines Glaubens widmen solle. Daraufhin zog er sich zurück, um die Lage nochmals zu überdenken. Das Ergebnis war, daß er Semenchra als Mitregenten einsetzte. Dann zog Nofretete aus dem Palast aus, aber er war nicht bereit, auch nur einen Schritt nachzugeben. Daraufhin beschlossen wir, ihn zu verlassen und uns auf die andere Seite zu schlagen. Nur so konnte das Land wieder geeint werden. Allerdings hatten wir den anderen die Zusicherung abgerungen, daß weder ihm noch seiner Gattin etwas zuleide getan wird. Ich schwor dem neuen König Tutenchamon Treue, und damit senkte sich der Vorhang über die größte Tragödie Ägyptens. Unvorstellbar, was dieser Wahnsinn dem ruhmreichen, ehrwürdigen Ägypten angetan hat!«

Schweigen hielt uns gefangen, wie so oft, wenn einer zu Ende erzählt hatte. Ich ordnete meine Blätter, wollte aufbrechen. Aber plötzlich hörte ich mich fragen: »Wie erklärt Ihr Euch Nofretetes Auszug aus dem Palast?«

»Offensichtlich hatte sie das Ausmaß seines Wahnsinns begriffen und wollte sich in Sicherheit bringen.«

»Und warum hat sie dann nicht gemeinsam mit Euch die Stadt verlassen?«

Verächtlich stieß er hervor: »Weil sie Angst vor den Priestern hatte. Sie war überzeugt, daß sie für die Hauptschuldige gehalten wurde.«

»Weiß man, wie er starb?«

»Sein schwächlicher Körper hat die Niederlage nicht verkraftet. Am meisten wurde sein Glaube dadurch erschüttert, daß sein Gott ihn aufgegeben hat. Er war nur wenige Tage krank, dann starb er.«

Schon im Weggehen begriffen, fragte ich: »Wie habt Ihr die Nachricht von seinem Tod aufgenommen?«

Sein Gesicht verfinsterte sich, und kühl erwiderte er: »Ich habe alles gesagt, was zu sagen ist.«

Bek

Der Bildhauer Bek lebte auf einer Nilinsel südlich von Theben, ungefähr zweieinhalb Kilometer entfernt. Das kleine, elegante Haus befand sich mitten in einem einsam gelegenen Gehöft. Obwohl weithin bekannt war, was für ein überragender Künstler Bek war, hatte man ihn nicht aufgefordert, am Wiederaufbau des Landes mitzuwirken. Nicht nur, daß er seinem König immer die Treue gehalten hatte, er wurde sogar selbst der Ketzerei beschuldigt, weil er den alten Göttern abtrünnig geworden war. Als ich ihm begegnete, war er ungefähr vierzig Jahre alt. Der große, schlanke Körper strahlte Kraft und Energie aus. Seine Haut war dunkel, und in seinem warmen Blick lag auch Melancholie. Lächelnd las er den Brief meines Vaters, dann sagte er: »Mit Echnaton ist der Geist des Schönen dahingegangen, die Farben und Klänge haben ihre Freude verloren. Ich kannte ihn schon als Kind, denn mein Vater Menn unterrichtete uns beide in seiner Kunstschule. Er war der bedeutendste Bildhauer zur Zeit Amenophis' des Dritten. Ich erinnere mich noch ganz genau: Eines Tages kam ein Junge zu Besuch, der in einer Sänfte getragen wurde. Mein Vater flüsterte mir ins Ohr: ›Der Kronprinz!‹ Der Junge war in meinem Alter, er war dünn und sah ziemlich schwächlich aus. Er lächelte freundlich, aber seine Augen blickten einen durchdringend an. Er war ganz verliebt in das Wunder, Steinen

Leben einzuhauchen, wollte dabei zusehen und lernen. Wenn er sich mit uns in seiner bescheidenen, einfachen Art unterhielt, vergaß man schon nach wenigen Minuten, daß man mit einem Mitglied der göttlichen Familie sprach. Er kam regelmäßig in die Schule, immer an den gleichen Tagen, und mit der Zeit freundeten wir uns an. Mich machte diese Freundschaft glücklich, und mein Vater war darauf sehr stolz. ›Für ein Kind ist er ungewöhnlich reif‹, sagte er.

So war es. Selbst der Hohe Priester Amons bestätigte dem Prinzen eine bemerkenswerte Reife, die er allerdings auf seine Art deutete, nämlich als böse Macht, die von ihm Besitz ergriffen hätte. Aber genau das Gegenteil war der Fall – die böse Macht hatte sich in den Herzen der Priester eingenistet. Mein Herr und Gebieter kannte nichts Böses, und vielleicht war genau dies das Geheimnis seiner Tragödie. Ein paar Jahre später hatte mein Vater den Auftrag bekommen, von König Amenophis dem Dritten eine Statue zu schaffen. Der Prinz verfolgte aufmerksam die Arbeit, und eines Tages begann er mit meinem Vater zu diskutieren. ›Meister Menn, Ihr richtet Euch nach Traditionen, die einen ersticken.‹

›Dank der Tradition bezwingen wir die Zeit, Hoheit‹, erwiderte mein Vater stolz.

›Aber wozu?‹ rief der Prinz leidenschaftlich. ›Mit jedem Sonnenaufgang wird neue Schönheit geboren!‹ Und mir flüsterte er leise zu: ›Diese Statue wird mit meinem Vater nichts zu tun haben, Bek. Wo bleibt die Wahrheit?‹

O ja, es war die Wahrheit, um deretwillen er lebte und für die er starb. Bereits in kindlichem Alter überkamen ihn übersinnliche Eingebungen. Sie fielen geradezu über ihn her, ganz so, als hätten sie nur darauf gewartet, daß er sie freisetzt, ans Tageslicht bringt. Einmal vertraute er mir an, daß er mich sehr gern habe. ›Mein lieber Bek‹, sagte er, ›lern soviel wie irgend möglich, damit du eines Tages mein Mann für alles Schöne bist.‹

So geschah es denn auch. Ich verdanke meinem Herrn und Gebieter alles, nicht nur die Kunst, auch meinen Glauben. Er war es, der meine geistigen Fähigkeiten auf den Glauben an Aton lenkte. Er war es, der mein Herz für den einzigen und alleinigen Schöpfer öffnete, der mich mit Frieden erfüllte, als er die ihm offenbarten Worte des Glaubens und der Liebe sprach:

›Mit deinem Licht erhellst du die Welt,
ward das Dunkel verbannt,
o du Schöpfer von Erde und Himmel,
o du, der Mensch und Vieh gemacht hat.‹

Ich weiß noch genau, wann ich diese Worte zum ersten Mal hörte – auf dem Weg vom Steinbruch zur Schule, als wir beide ganz allein waren. Ich rief bewegt: ›O mein Prinz, ich bezeuge von ganzem Herzen, daß ich an Euren Gott glaube.‹

Er freute sich, sagte: ›Dann bist du nach Merire schon der zweite, nur leider gibt es eine Menge Feinde, mein lieber Bek.‹

Später erfuhr ich, daß Nofretete, sie lebte damals noch im Palast ihres Vaters, zur gleichen Zeit den neuen Glauben angenommen hatte. Jedenfalls vertraute mir der Prinz in regelmäßigen Abständen an, unter welchen Schwierigkeiten er wegen seiner Sendung zu leiden hatte. Und wenn ich mich auch zumeist außerhalb von Theben im Steinbruch aufhielt, bereiteten mir selbst diese bruchstückhaften Kenntnisse großen Schmerz. Der Prinz war es, der mich auf den Weg der wahren Kunst führte. Sicher, mein Vater hatte mich die handwerklichen Grundregeln gelehrt, aber das geistige Rüstzeug verlieh mir der Prinz. Sich selbst, sein ganzes Sein hatte er der Wahrheit verpflichtet, der des Lebens und der Kunst. Deshalb schmähten und verleumdeten ihn all jene, die nur aufs Irdische bedacht waren und einzig die abgedroschene Sprache des Vergänglichen beherrschten und sich von ihr lenken und leiten ließen. Wie die Krähen schwärmten sie aus, wenn sich irgendwo ein gedeckter Tisch fand. Da war mein Gebieter von ganz anderer Art. Er vertraute sich seinem Gott an, flehte ihn an mit den Worten:

›Du Schöpfer alles Lebendigen und Starren,
schenk meinem Blick dein Licht,
füll mir die Brust mit deiner Freude,
laß mein Herz deinen warmen Schlag spüren.‹

Aufmerksam lauschte ich, als er mir sagte: ›Hüte dich vor den Lehren der Kunst, mit denen die Toten uns Ketten anlegen wollen. Laß den Stein zum Hort der Wahrheit werden.‹ Ein andermal riet er mir: ›Treib keinen Frevel mit den Dingen, die Gott erschuf. Sei wahrhaft und fromm, und laß weder Furcht noch Gier noch heuchlerisches Verlangen die Oberhand gewinnen. Selbst wenn du mich darstellst, zeig mich mit allen Mängeln im Gesicht und am Körper, denn nur bei Wahrhaftigkeit kann sich die Schönheit deiner Werke offenbaren.‹

Das waren die Worte meines Herrn und Gebieters, der eben nicht die alte Leier wiederholte, sondern beseelt war vom Lebendigen, Neuen. Er war es, der die

Götzen zertrümmerte, die morschen Traditionen mit Stumpf und Stiel ausrottete, der sich in unbekannte Fluten stürzte und im Rausch der Wahrheit versank.

Am Tag, da er den Thron bestieg, stand ich vor ihm und gab laut und deutlich mein Glaubensbekenntnis ab. Er machte mich zum ›Obersten Bildhauer des Königs‹. Als Gott ihm befahl, in die neue Stadt auszuwandern, führte ich achtzigtausend Künstler und Arbeiter an, um die schönste Stadt, die die Welt je gesehen hat, zu errichten – Achetaton, die Stadt des Lichts und des Glaubens, mit breiten Straßen, hoch aufragenden Palästen, üppig blühenden Gärten, einladenden Seen. Über diese Stadt, die ein Wunder an Schönheit und Kunst war, ergoß sich der Haß, so daß sie der Priesterschaft und der Zeit zum Opfer fiel.«

Bek konnte nicht weitersprechen, zu stark nahm ihn die Trauer um sein Lebenswerk mit, das dem Verfall anheimgefallen war, brach und bröckelte und vom Sand verschlungen wurde. Ich respektierte sein Schweigen, wartete ab, bis er sich wieder in der Gewalt hatte.

»Mein Herr und Gebieter war selbst ein bedeutender Künstler. Er dichtete, malte, und seine schlanken, langen Finger versuchten sogar, den Stein zum Sprechen zu bringen. Ich vertraue dir ein Geheimnis an, das nur wenige kennen. Er hat von Nofretete eine Halbbüste gemeißelt, die an Wahrhaftigkeit und Schönheit kaum zu überbieten war. Möglicherweise existiert sie noch im verlassenen Königspalast oder in dem Palast von Nofretete, aber wahrscheinlich fiel sie dem Rachezug zum Opfer. Als Nofretete den König völlig überraschend verließ, riß sie in seinem Herzen eine Wunde auf, die nie mehr heilen sollte. In jenem Augenblick nahm er ihre Büste in die Hand und riß das linke Auge aus, doch den Rest ließ er unzerstört, zum Zeichen ewiger Liebe und unerschütterlichen Glaubens.

Echnaton und Nofretete waren das lebende Symbol für Gott, der Vater und Mutter zugleich ist. Die beiden vereinte eine tiefe Liebe, die allen Stürmen trotzte. Wie konnte es sein, daß sie den geliebten Gatten im Augenblick der höchsten Not verließ? Warum war sie nicht bis zum bitteren Ende an seiner Seite geblieben? Ihre Feinde warfen ihr vor, gerade noch rechtzeitig das sinkende Schiff verlassen zu haben, um sich im neuen Staat einen angemessenen Platz zu sichern. Aber das stimmt nicht, denn sie buhlte um keinerlei Gunst. Sie hatte sich aus freien Stücken in ihren Palast zurückgezogen, noch bevor er ein Gefängnis geworden war. Nein und nochmals nein, meine Herrin gehörte nicht zu den Leuten, die, was immer geschieht, nur ihren eigenen Nutzen im Auge haben. Ich bin überzeugt, daß ihr Glaube an Gott erschüttert war, weil Gott während der schmerzlichen Ereignisse nicht eingriff. In einer Stunde tiefster Verzweiflung hat sie Thron und Glauben aufgegeben.

Mein Herr und Gebieter hingegen ist nicht einmal um Sandkornesbreite von seiner Überzeugung gewichen. Wie auch, er war es ja gewesen, dem sich Gott offenbart, zu dem er gesprochen und den er seinen geliebten Sohn genannt hatte. Auf eine andere Stimme zu hören, dazu war er nicht bereit. Er kümmerte sich nicht um andere Meinungen oder Ratschläge, was ja für einen Mann, der die Wahrheit sucht, vielleicht richtig gewesen wäre. Er fühlte sich einfach nicht besiegt, in seinen Augen waren wir es, die eine Niederlage erlitten hatten. Auch mich beschlichen Zweifel, zuerst, als man ihn aufforderte abzudanken, und am stärksten, als seine

Männer den Beschluß faßten, ihn zu verlassen. Einsam und allein stand er da und sah dem Treiben zu. Nie werde ich seinen Blick vergessen – welche Ruhe und Gelassenheit lagen darin. Als er mich auf sich zukommen sah, sagte er: ›Auch du wirst gehen, mein lieber Bek.‹

›O nein!‹ rief ich zornig. ›Keiner hat es gewagt, mich dazu aufzufordern.‹

Er lächelte. ›Trotzdem wirst du gehen.‹

›Auf immer und ewig werde ich an der Seite meines Gebieters bleiben!‹

›Ob nun freiwillig oder gezwungen – du wirst gehen.‹

Für einen Moment schwieg ich, wieder überfielen mich Zweifel. Leise fragte ich: ›Herr, sollte es möglich sein, daß das Böse siegt?‹

Er wirkte abwesend, erst nach einer Weile sah er mich wieder an. ›Nie und nimmer wird das Gute besiegt, nie und nimmer kann das Böse triumphieren. Was ist schon Zeit? Nur einen flüchtigen Moment lang nehmen wir sie wahr. Zum Erkennen der Wahrheit braucht es länger, doch unser Unvermögen und der Tod hindern uns daran.‹ Mit sanfter Stimme begann er zu singen:

Du, mein Gott, weilst in meinem Herzen,
niemand kennt dich, nur ich, dein Sohn.
Denn du hast mich alles gelehrt,
und in deiner Hand liegt die ganze Welt.

So wie er keinen Moment lang von seinem Glauben abgegangen ist, hat er auch nie sein oberstes Prinzip vernachlässigt – die Liebe. Selbst als er mit ansehen mußte, wie Stein für Stein die Pyramide zusammenbrach, die er hatte errichten lassen, selbst als er erlebte, wie seine Männer zum Feind überliefen, selbst als seine Frau ihn ohne ein Wort des Abschieds verließ, selbst in diesen Stunden des Unglücks kannte sein Herz weder Abscheu noch Haß. Selbst auf Strafen, die angebracht gewesen wären, verzichtete er. Für Menschen, Tiere, ja, leblose Gegenstände fühlte er nichts als Liebe. Ihr wißt ja selbst, verehrter Freund, daß er den Thron zu einer Zeit bestieg, als in Ägypten Wohlstand herrschte, ihm ein riesiges Reich zu Füßen lag und das Volk folgsam und ihm zugetan war. Er hätte leichterdings ein prächtiges, glückliches Leben, mit Frauen und allem, was dazugehört, führen können, aber was tut er? Er verweigert sich allen irdischen Genüssen und widmet sein ganzes Ich der Wahrheit, wohl wissend, daß er damit all jene herausfordert, die durchtrieben, eigennützig, gierig sind. Er hat alles geopfert und lächelte noch dabei. Damals, als sich das Böse, das rohe Gesindel zu regen begann, fragte ich ihn: ›Warum verteidigt Ihr nicht die Liebe und den Frieden mit Gewalt, mein Gebieter?‹

Er sprach: ›Verbrecher sind schnell dabei, für ihren ruchlosen Durst nach Blut Entschuldigungen zu finden. Ich gehöre nicht zu denen, mein lieber Bek.‹

Ich werde nie vergessen, wie fürsorglich er sich um mich kümmerte, als er merkte, daß ich mich zu seiner Schwägerin Mutnadjmet hingezogen fühlte. Er versuchte mir den Weg zu ebnen, und als sie die Heirat ablehnte, tröstete er mich mit den Worten: ›Vergiß sie, wie der Milan wartet sie nur darauf, zupacken zu können.‹

Ich fragte ihn, wie er das gemeint habe, aber ich erhielt keine Antwort. Nun ja, obwohl alle bereit waren, die Stadt zu verlassen, hatte ich beschlossen, bei ihm zu bleiben. Nur einer dachte wie ich – Merire, der Hohe Priester des einzigen und alleinigen Gottes. Aber dann kam der Weise Eje zu mir und sagte: ›Wir gehen nur fort, damit dem König nichts geschieht. Eine andere Möglichkeit, ihn zu beschützen, haben wir nicht. Wäre es nur einem gegeben, bei ihm bleiben zu dürfen, wäre ich das. Denn ich bin sein Schwiegervater und sein Lehrer.‹

›Aber was ist daran schlimm, wenn ich bleibe?‹ fragte ich.

›Der Vertrag mit der Priesterschaft sieht vor, daß der König nur dann unversehrt bleibt, wenn sich bis auf eine Handvoll Diener niemand aus seinem Gefolge in der Stadt aufhält.‹

Damit sah ich mich gezwungen, auch wenn es mir das Herz brach, mich dem großen Auszug anzuschließen. Noch heute fühle ich den Schmerz, und noch immer plagt mich, trotz aller klugen Worte meines Herrn und Gebieters, der Zweifel an meinem Glauben. Manchmal bete ich noch, aber es kommt auch vor, daß ich nicht die Kraft dazu habe. Als mich die Nachricht von seinem Tod erreichte, fiel aller Schmerz mit neuer Kraft über mich her, und ich weinte, bis ich keine Tränen mehr hatte. Mein Herz sagte mir, daß er keines natürlichen Todes gestorben war, sondern daß man ihn mit einem Zauber oder sonst einem üblen Streich getötet hat. Und so lebe ich nun freudlos dahin und warte auf den Tod. Sterben will ich – wie meine wunderbare Stadt, die der Gnade der Priester und der Zeit ausgeliefert ist.«

Taduchipa

Taduchipa war die Tochter von Tuschratta, dem König von Mitanni, dem treuesten, aufrichtigsten Freund Ägyptens. Kurz vor seinem Tod, er war ungefähr sechzig Jahre alt, hatte Amenophis der Dritte die Fünfzehnjährige geheiratet. Als Echnaton den Thron bestieg, gehörte Taduchipa als Mitglied des Harems zum väterlichen Erbe. Jetzt lebte sie mit dreihundert Sklaven in einem Palast im Norden Thebens. Dank einer Empfehlung von Haremhab war sie bereit, mich zu empfangen. Sie ging schon auf die Vierzig zu, war aber immer noch eine aufregende, stolze, schöne Frau. Ich wurde in einen prächtigen Empfangsraum geführt, wo sie auf einem Sessel aus Ebenholz saß, der mit reichen Goldintarsien verziert war. Ihr freundliches Lächeln gab mir Mut, und so bat ich sie, mir ihre Geschichte zu erzählen.

»Es war mir nur für kurze Zeit vergönnt, mit König Amenophis dem Dritten Umgang zu haben. Es waren schlimme Tage, voller Eifersucht und Haß. Mich wunderte, wie die Große Königin Teje es geschafft hatte, eine solche Stellung zu erreichen. Im Harem meines Vaters, des mächtigen Königs Tuschratta, versahen Dutzende von solchen Frauen ihren Dienst. Aber richtig entsetzt war ich, als ich den Kronprinzen zum ersten Mal sah. Ein spillriges, häßliches Bürschchen spazierte da im Garten herum – vom ersten Augenblick an empfand ich eher Verachtung als Mitleid.

Der gesundheitliche Zustand des Königs verschlechterte sich. Die Leute, die mir übel gesinnt waren, beschuldigten mich, dafür verantwortlich zu sein. In Wahrheit hatte ich aber bereits in der ersten Nacht seinem runzligen Gesicht angesehen, daß sein Ende naht. Besorgt fragte ich mich, ob ich dann zum Erbe dieses armseligen Jüngelchens gehören würde. Das Leben mit seinem alten Vater empfand ich nämlich sehr wohl als angenehm. Er war noch recht stattlich, auch lustig und besaß eine Energie, die man ihm in seinem Alter und bei seinem Gesundheitszustand nicht zugetraut hätte. Im Harem unterhielten wir uns öfter über den Kronprinzen. Wir machten uns lustig über seine Leidenschaft für Künste wie Malerei und Gesang, die als weibisch galten. Seine Enthaltsamkeit Frauen gegenüber kam uns zweifelhaft vor, und für den Thron, fanden wir, taugte er überhaupt nicht.

Nicht lange, und wir hörten Geschichten über seine religiöse Spinnerei und die Sorgen, die er damit seinen Eltern bereitete. Wie es hieß, war die Priesterschaft von Angst und Schrecken erfaßt. Es gab Gerüchte in Hülle und Fülle, aber sie regten uns nicht sonderlich auf. Die alltäglichen Probleme im Harem wiegen schwerer als Staatsangelegenheiten. Nur mit dem Tod des Königs verhielt es sich anders, da waren wir alle entsetzt. Er zog bestimmte Riten nach sich, gegen die wir nichts ausrichten konnten. Es kam, wie es kommen mußte: Diese erbärmliche Kreatur bestieg den Thron, und mit ihm wurde Nofretete gekrönt. Er hatte sie noch zu Lebzeiten seines Vaters geheiratet. Natürlich ging der Harem seines Vaters an ihn. Er bedachte uns mit großer Fürsorge, genauer gesagt, er behandelte uns wie zahme Tiere. Aber er kam keiner der Frauen zu nahe. Kein

Wunder, daß sich unter den Frauen, die aus allen möglichen Ländern stammten, moralische Verkommenheit und abartige Beziehungen entwickelten. Die Frauen fragten sich, warum er sich nicht lieber um sie kümmerte, statt diese unglückselige Schlacht mit den Priestern anzufangen. Die Antwort war eindeutig – wir hielten ihn für impotent.

Nun war aber Nofretete eine ziemlich eifersüchtige Frau, und als uns ihr Besuch angekündigt wurde, ahnten wir den wahren Grund – sie wollte mich aus der Nähe besehen. Im Palast war öfter die Rede davon, wie jung und hübsch ich sei. Ich war die einzige, die in ihrem Alter war und mit ihrer Schönheit mithalten konnte. Aber im Unterschied zu ihr stammte ich aus königlichem Hause, während sie aus dem Volk kam. Ihr Vater, er hieß Eje, war der erste, der sich zu der neuen Religion bekannte. Genauso schnell war er auch, als des Königs Stern unterzugehen drohte. Da lief er als erster zu dessen Feinden über.

Jedenfalls kam die junge Königin zu Besuch, flankiert von zwei Reihen Sklavinnen. Sie begrüßte eine Frau nach der anderen, und zwar in einer bestimmten Reihenfolge, nämlich nach Dauer des Aufenthalts im Harem. Da ich als letzte aufgenommen worden war, wurde ich auch als letzte begrüßt. Sie starrte mich neugierig an. Ich hielt ihrem Blick höflich, aber auch trotzig stand, bis ihr Gesicht schließlich wie versteinert aussah.

Ich war übrigens auch der Grund dafür, daß Nofretete gegenüber der Königinmutter Zorn empfand. Teje hatte ihren Sohn, diesen schwächlichen König, an seine Pflicht gegenüber dem Harem und vor allem gegenüber mir, der Tochter des befreundeten Königs Tuschratta, erinnert. Diese Einmischung verzieh Nofretete ihr nie, und was alles noch schlimmer machte, war, daß der König sich dem Wunsch der geliebten Mutter fügte und mich tatsächlich aufsuchte.

Wie es die Tradition verlangte, erwartete ich den König in meinem Raum. Ich lag auf dem prächtigen, goldverzierten Bett. Ich hatte alle Kleider abgelegt, wollte keinen meiner Reize verbergen. Er war fast nackt, hatte nur ein Tuch um die Lenden geschlungen. Lächelnd und unnatürlich ruhig setzte er sich auf die Bettkante. ›Würde es dich glücklich machen, wenn du mir ein Kind schenkst?‹ flüsterte er.

Ich kämpfte gegen meinen Widerwillen an. ›Es ist meine Pflicht, Herr.‹

Er sah bestürzt aus, fast traurig. ›Pflicht? Ich suche Liebe, nur sie ist für mich die erste und letzte Pflicht.‹

›Ach‹, fragte ich schnippisch, ›da seid Ihr aus Liebe gekommen?‹

Zärtlich streichelte er mir über die Hand und murmelte: ›Laß gut sein.‹

Er küßte mich auf die Stirn und ging hinaus. Niemandem habe ich vom Geheimnis dieser Nacht erzählt. Ich ließ die Frauen in dem Glauben, daß Nofretete das halbe Herz ihres Mannes bereits verloren hätte. Die Tage vergingen, und schließlich schlug sogar zu uns das Feuer der brennenden Herzen von draußen herein. Wir hörten von dem Beschluß, eine neue Stadt aufzubauen. Nach ein paar Jahren zogen wir nach Achetaton um. Alle waren glücklich, nur wir nicht. Wir wurden in einem Seitenflügel untergebracht, wo wir ein unerträgliches, entwürdigendes Leben fristeten. Als sich herumsprach, daß dieser idiotische König Fehltritte mit Liebe belohnte und nicht mit Strafen ahndete, blühte das Laster unter den Soldaten und den Frauen erst richtig auf. Alle Moral, alle Werte verfielen, während der König in den Provinzen herumreiste und seine neue Religion predigte. Die Frauen im Harem wetteiferten beim Gebet an den einzigen und alleinigen Gott, ohne auch nur im geringsten an ihn zu glauben. Mir kam es schließlich vor, als wäre es eine Religion ohne Gläubige. Ich hatte das Gefühl, daß das ganze Land nur noch aus Heuchlern und Ehrgeizlingen bestand, die nach Ämtern, Ansehen und Geld strebten. Ich jedenfalls konnte mir beim besten Willen nicht vorstellen, daß das riesige Universum nur einen Gott besaß. Jede Stadt braucht doch einen Gott, der ihre Sachen regelt. Jeder Mensch benötigt für das, was er tut, einen Gott, der sich in dieser Arbeit auskennt. Und überhaupt – wie sollte die Liebe allein das Miteinander der Menschen regeln? Reiner Unfug, Gefasel eines verzogenen Muttersöhnchens. Er hat sich nicht entblödet, vor einer riesigen Menschenmenge Gedichte aufzusagen, und dann hat seine Frau auch noch gesungen. Der heilige Thron befand sich in den Händen einer umherziehenden Truppe von Dichtern und Musikern und hat die Würde des Pharaonentums zunichte gemacht. Da geschah, was eben geschehen mußte. Das Dunkel einer langen, schwarzen Nacht, die keine Hoffnung auf ein Dämmern des Morgens versprach, brach über die Menschen herein. Ein Unheil folgte dem anderen, nicht nur in Ägypten, sondern im ganzen Reich. Mein Vater hielt noch als einziger Getreuer mutig stand. Er sandte Boten aus, um Hilfe zu erhalten. Doch schließlich fiel er im Kampf, vergoß sein Blut für die Verteidigung eines idiotischen Königs. Bei manchen Leuten stand er ja in keinem schlechten Ansehen, sie hielten ihn für einen großartigen Dichter, den das Schicksal auf den falschen

Platz gesetzt hatte – auf den Thron. In Wahrheit war er ein absurdes Wesen, nicht Mann, nicht Frau, ständig von Minderwertigkeitsgefühlen geplagt. Er hat sich nicht nur selbst entwürdigt, sondern auch alle anderen Menschen. Da hält er die Fackel der Liebe hoch, und in den Herzen brennen Haß, Ekel und Verderbtheit. Am Ende war das Land zerrissen und das Imperium verloren. Schlau wie Nofretete war, hat sie seine Verrücktheiten mitgemacht, weil sie ganz allein die Macht haben wollte. Ihre gierige, schamlose Lust hat sie in den Armen zahlloser Männer befriedigt. Aller Welt hat sie weisgemacht, daß sie und ihr Mann das schönste und treuste Paar abgeben. Überall, mitten auf der Straße, ob nun in Achetaton oder den Provinzen, haben sie sich vor den Augen der Leute geküßt. Dabei waren alle Frauen im Palast der festen Meinung, daß die beiden nie etwas miteinander hatten. Er konnte ja gar nicht. Aber sie holte sich, was sie brauchte – beim Bildhauer Bek, beim Chef der Wache Haremhab, beim Führer des Heers Maj und bei vielen, vielen anderen. Da kommen auch ihre sechs Töchter her. Bei den Sklavinnen wurde ja sogar getuschelt, daß der König nur mit einer einzigen Frau geschlafen hat – mit seiner Mutter.«

Offenbar sah ich so bestürzt drein, daß Taduchipa es für besser hielt, abzuwarten und zu schweigen. Aber nicht lange, und schon redete sie weiter: »Alle im Harem waren überzeugt, daß es stimmte. Die Mutter hat ihm ja sogar ein Mädchen geboren. Fakt ist, daß er nur mit ihr konnte. Mehr als eine Sklavin hat alles mit eigenen Augen angesehen. Nofretete blieb das natürlich nicht verborgen, deshalb verband die beiden Frauen ihr Leben lang abgrundtiefer Haß. Eine Menge Leute konnte und wollte nicht begreifen, daß dieser Mann, der die Welt erschüttert hat, nichts weiter als eine ganz gewöhnliche, unbedeutende Kreatur war. Aber genau das ist die Wahrheit, und sie muß festgehalten werden. Wäre er nicht der Erbe der mächtigsten Familie gewesen, die je in der Geschichte gesehen worden war, wäre er als sabbernder Wicht durch die Gassen Thebens gestrichen, und die Kinder hätten ihren Spott mit ihm getrieben. Was Wunder, daß das Reich in die Brüche geht, wenn ein Verrückter auf dem Thron sitzt. Und hätte er an Nofretete nicht Gefallen gefunden, wäre sie eine der vielen berufsmäßigen Huren Thebens geworden.

Kurz vor dem Ende kam dann noch die Königinmutter nach Achetaton, um das Schiff vor dem Sinken zu retten. Zwischen ihr und Nofretete gab es einen Riesenkrach, bei dem die Junge die Alte sogar beschuldigte, mit den Feinden zusammenzuarbeiten. Echnaton war zutiefst betrübt, als er das hörte, und verteidigte seine Mutter, soll heißen – Geliebte, aufs heftigste. Nofretete war furchtbar wütend, aber sie hielt den Mund und rächte sich im entscheidenden Moment, indem sie ihn verließ, und zwar noch bevor seine Gefolgsleute beschlossen hatten, ihn im Stich zu lassen. Von da an versuchte sie, sich mit der Priesterschaft zu versöhnen, damit sie im neuen Staat einen angemessenen Platz erhielt. Vielleicht war sie sogar darauf aus, die Frau von Tutenchamon zu werden. Aber die Priester machten ihr einen Strich durch die Rechnung, und ohne ihren alten Liebhaber Haremhab hätten diese sie in Stücke zerrissen.«

Taduchipa hielt inne. Mit einem verächtlichen Lachen stieß sie schließlich hervor: »So, das war die Geschichte des Idioten und seiner blödsinnigen Religion.«

Toto

»Weder bin ich jemals dem Glauben an Amon abtrünnig geworden, noch habe ich mich auch nur ein einziges Mal der Karawane von Heuchlern und Opportunisten angeschlossen. Wenn ich dennoch im Dienst des Ketzers stand, dann auf Grund einer Absprache mit dem Hohen Priester Amons, um für ihn die Ereignisse im Palast im Auge zu behalten und im Falle der Notwendigkeit zuschlagen zu können.«

Mit diesen Sätzen eröffnete Toto, Minister für Korrespondenzen unter Echnaton, das Gespräch. Offenbar war es ihm gleich zu Anfang wichtig, den Vorwurf der Heuchelei, der auf den Gefolgsleuten Echnatons lastete, von sich zu weisen. Die Begegnung fand in einem Raum im Tempel statt, der ihm als Sänger zur Verfügung stand; eine Tätigkeit, die er unter Tutenchamon genauso ausübte wie schon zu Zeiten Amenophis' des Dritten. Er hatte ein feistes, glotzäugiges Gesicht und schien starke Nerven zu besitzen. Ohne sich lange bitten zu lassen, begann er die Tragödie aus seiner Sicht zu erzählen.

»Die alte, tief verwurzelte Familie hatte sich immer durch große, mächtige Könige ausgezeichnet. Ein erstes Anzeichen von Schwäche wurde sichtbar, nachdem sich Amenophis der Dritte eine Frau aus dem Volk wählte, die ihm dann diesen dummen, geisteskranken Sohn als Erben gebar. Die großen Könige hatten uns gegenüber, also den Priestern Amons, eine besondere Politik verfolgt. Sie erkannten Amons Macht und Wohltaten an, würdigten ihn als höchsten Gott aller Götter, aber gleichzeitig hielten sie die schützende Hand über die Priester der anderen Götter. Damit sicherten sie sich die treue Ergebenheit der Untertanen und stellten zwischen uns und den anderen Priestern das Gleichgewicht her, das für die unabhängige Machtausübung des Throns notwendig war. Diese Politik stieß bei uns zwar nicht auf sonderliche Begeisterung, aber sie war auch kein solches Ärgernis, daß sie unseren Widerspruch erregt hätte. Unserer hohen Stellung tat sie ja keinen Abbruch. Als der Ketzer den Thron bestieg, lag also der Weg klar vor ihm. Er hätte in Frieden leben können, wenn er sich ans Konzept seiner Urgroß- und Großväter gehalten hätte. Aber der Skarabäus dachte, daß er ein Löwe sei, und da trat die Katastrophe ein. Es mangelte ihm an der Stärke und Weisheit seiner Vorfahren, was ihm durchaus bewußt war. Er war sich über seine schwache Konstitution, sein häßliches Aussehen, seine weibische Ausstrahlung im klaren. Nur wer von Neid und Haß aufgerieben wird, läßt sich von so viel List und Tücke leiten. Also beschloß er, sich alle Priester vom Hals zu schaffen, die Macht an sich zu reißen und sich selbst dann zu einem Gott zu erheben, der seinen Alleinanspruch nur noch mit einem erfundenen, eingebildeten Gott teilt. Im Grunde brauchte er den nur als Maske, um seinen krankhaften Ehrgeiz zu verdecken. Zuerst bekamen wir ständig Geschichten von dem Wunderknaben zu hören, wie weit er seinen Altersgenossen an Reife voraus sei und ähnliches, aber dann kam die Geschichte mit dem neuen Gott, der sich ihm offenbart und ihn aufgefordert habe, sich von allen anderen Göttern loszusagen. Als ich zum ersten Mal davon hörte, sagte ich zum Hohen Priester: ›Das ist eine Verschwörung, und wir täten gut daran, sie im Keim zu erstikken.‹ Er schien es anders zu sehen, deshalb fügte ich hinzu: ›Für mich sind die wahren Schuldigen Königin Teje und der Weise Eje, der junge Mann ist nicht verantwortlich dafür.‹

Der Hohe Priester erwiderte: ›Ich spreche die Königin nicht frei von Schuld, sie schätzt die Situation falsch ein. Aber was Eje betrifft, so ist er nicht weniger beunruhigt als wir. Das hat er mir versichert.‹

Ich mußte ihm glauben, denn er war unfehlbar. ›Nun ja, dann haben wir es mit einem Menschen zu tun, der vom bösen Geist des Gottes Seth befallen ist. Wir sollten ihn schleunigst umbringen.‹

›Noch haben der König und die Königin alles im Griff.‹

Insgeheim ahnte ich, daß uns dieses Zögern teuer zu stehen kommen würde. Ich flehte zu Gott mit den Worten:

›O Amon, Herr der Schweigsamen,
der, hört er den Ruf des Armen,
zu Hilfe eilt.
Wann immer ich im Unglück nach dir rief,
kamst du, mich zu erretten.
O Amon, Herr über Theben,
Befreier aus der Unterwelt,
wenn ein Mensch dich ruft.
Nur du vermagst herbeizueilen
aus fernster Ferne.‹«

Toto kam auf den Fortgang der Ereignisse zu sprechen, die Reise des Kronprinzen durchs Reich also, seine

Rückkehr und Inthronisierung. Aber das hatte ich ja alles schon gehört. Erst als er seine eigenen Betrachtungen anstellte, horchte ich wieder auf.

»Ein Mann nach dem andern stellte sich vor den Ketzer hin und erklärte, an seine Religion zu glauben, und alles nur, um sich im neuen Staat eine Stellung zu verschaffen. Würdelos fielen sie vor ihm nieder und ermöglichten damit, daß Tücke und Arglist ihr Gift verspritzen und das Land ruinieren konnten. Für den Verrat dieser Männer gibt es keine Entschuldigung, sie alle sind für die Zerstörung verantwortlich, die über uns gekommen ist. Damals sagte ich dem Hohen Priester: ›Jedes Verbrechen muß seine Strafe finden. Achetaton muß niedergerissen werden, und der Ketzer muß mitsamt seinem Weib, Eje, Haremhab, Nachet und Bek den Tod finden.‹

Nachdenklich erwiderte er: ›Das Land verträgt nicht noch mehr Verwüstung.‹

›Es muß Blut fließen, damit wir Amons Gefallen wieder erlangen‹, beharrte ich.

›Ich weiß sehr wohl, was Gott gefällt‹, fertigte er mich kurz ab.

Ich kochte vor Wut. Ich glaubte fest daran, daß ein nicht geahndetes Verbrechen dem Frevel der Menschen Tor und Tür öffnet. Es erschüttert das Vertrauen in die göttliche Gerechtigkeit und läßt es zu, daß noch mehr Verbrechen begangen werden. Nichts schmerzte mich mehr, als mitansehen zu müssen, wie solch ein Heuchler vergnügt und friedlich seinen Launen frönte und sich zwischen ehrbaren Menschen bewegte, als gehörte er zu ihnen. Sollten wir etwa die, die uns ins Verderben stürzten, auch noch beschützen?«

Es folgte der Bericht über den Aufbau Achetatons,

den Umzug in die neue Stadt und Echnatons hektische Bekehrungsversuche. Dann kam er auf sein Verhältnis zu Echnaton zu sprechen.

»Ich lebte und arbeitete in seiner Nähe, und da konnte es nicht ausbleiben, daß ich wie alle anderen sein sinnloses Gestammel mitbekam. Aber früher als manch anderer erkannte ich, wie es um ihn bestellt war. Möglicherweise hätte er tatsächlich einen guten Dichter oder Sänger abgegeben, aber das Unglück bestand darin, daß er auf dem Thron der Pharaonen saß. Von Anfang an hatte er beschlossen, seine schmähliche Schwäche mit List und Tücke zu überspielen und die Macht an sich zu reißen. Es war, als wollte er sich sogar über den siegreichen Thutmosis den Dritten erheben und der Welt beweisen, daß der zwar ein starker und geschickter Krieger gewesen war, er aber der Mächtigste aller Zeiten sei. Meiner Meinung nach war er weder von irgend etwas inspiriert, wie einige meinen, noch war er verrückt, wie andere behaupten, sondern er besaß in einem besonders hohen Maß jene Gabe, die bösartige Schwächlinge auszeichnet – Durchtriebenheit. Das ließ ihn seine Rolle überzeugend spielen. Er bildete sich ein, die Welt nach seiner Vorstellung formen zu können. Aber er sah ja nur die Welt, die ihm paßte – mit der Wirklichkeit hatte er nichts zu schaffen. Es war eine Welt, für die er sich eigens Gesetze, Vorschriften, ja Menschen zurechtgebastelt hatte, damit er sich, mit Hilfe des Zaubers, der vom Thron ausgeht, als Gott über die Welt erheben konnte. Weil das Ganze ein Traumgespinst war, löste es sich beim ersten Zusammenstoß mit der Wirklichkeit auf, wurde es von Fäulnis, Revolten, Feindseligkeiten hinweggefegt, stand der Ketzer, vom feigen Pack verlassen, allein da.

Es ist viel über seine Eingebungen erzählt worden und was er in solchen Stunden alles an unglaublichen Worten und übermenschlichen Dingen gesagt und getan hat. Einige dieser Anfälle habe ich als Augenzeuge erlebt, wenn ich ihm Briefe vorlegen mußte. Er geriet manchmal in einen Zustand künstlicher Erregung, und dann kam es vor, daß er dem Bewußtsein entrückte und in unbekannte Gefilde abtauchte. Er unterhielt sich mit jemandem, redete unverständliches Zeug, aber es war niemand zu sehen. Wenn er dann nach und nach wieder zu Bewußtsein kam, sprach er von seinem Gott, der ihn nie verlassen würde. Manchmal, wenn solche schlauen Köpfe wie Eje, Haremhab oder Nachet dabei waren, sah ich mir verstohlen die Gesichter an und fragte mich, ob sie diese Posse wirklich glaubten. Fielen sie tatsächlich auf seine weibische Arglist herein? O nein, sie taten nur, als glaubten sie ihm, damit sie bekamen, was sie wollten. Denn als der Tod von Nord und Süd drohte, da zeigten sie ihr wahres Gesicht.«

Toto kam auf die Wende zu sprechen. Er schilderte die Korruption unter den Beamten, das Leid der Menschen, den Widerstand in den Provinzen, die Einmischung der Obrigkeit in den Grenzregionen, den Tod Tuschrattas. »Die Angst um Ägypten drohte mich zu ersticken. Ich dachte ernsthaft daran, den Schurken zu ermorden, um das Land und die Religion von ihm zu befreien. Es war nicht schwer, jemanden zu finden, der dazu bereit war. Ich zeigte dem Mann ein Versteck im Garten, wo er den König, wenn er sich dort allein zurückzog, vor Sonnenaufgang töten konnte. Der Plan hätte Erfolg gehabt, wenn nicht im letzten Augenblick der Oberste der Polizei Maho den Mann entdeckt hätte. Maho holte zum tödlichen Schlag aus und zog sich damit auf ewig und immer den Fluch der Götter zu. Nach diesem Fehlschlag versuchte ich es mit Magie, aber leider war auch damit nichts zu machen. Wahrscheinlich besaß der Ketzer ein Gegenmittel.«

Nun erzählte er vom Aufruhr in den Provinzen, vom Besuch der Königin Teje in Achetaton und der historischen Begegnung des Hohen Priesters Amon mit den Gefolgsleuten Echnatons.

»Angesichts des Rückzugs seiner Männer packte den Schurken Verzweiflung. Dann hörte er vom Plan der Priesterschaft, Tutenchamon auf den Thron zu setzen. Kurzentschlossen machte er Semenchra zum Teilhaber, aber ich war schneller. Ich nutzte eines meiner speziellen Mittel, um den jungen Mann aus dem Weg zu räumen. Niemand anders als Nofretete brachte dann das Gefüge ins Wanken – sie verschwand ganz einfach. Das Ende des Bösen war gekommen, nur leider hatte es sein Gift schon überallhin verspritzt.

Zu unser aller Unglück hatte es das Schicksal gewollt, daß der Schurke sich mit Nofretete vermählte. Zugegeben, sie war eine starke Persönlichkeit, klug und schön. Aber wie dieser hinterhältige Kerl war auch sie krankhaft ehrgeizig. Nach außen hin tat sie, als glaubte sie an seine Religion, in Wirklichkeit teilte sie mit ihm nur dieselbe Tücke und Boshaftigkeit. Sie hat ihn nie geliebt, war überhaupt nicht fähig dazu. Das einzige, wonach sie lechzte, war Macht. Übrigens lieferte Nofretete einen Beweis für die zwielichtige Rolle, die ihr Vater, dieser Besserwisser Eje, in dieser Tragödie spielte. Bei festlichen Anlässen regneten nämlich von der königlichen Balustrade auf ihn und seine Frau Tij noch und noch Geschenke aus Gold herab, die von Sklaven körbeweise in Ejes Palast geschleppt wurden. Wie konnte nur eine intelligente Frau wie Nofretete dermaßen blind sein für die Folgen der Politik ihres Mannes? Hat sie wirklich die Botschaft von Liebe und Frieden geglaubt? Ehrlich gesagt, zweifle ich daran, mehr noch, ich halte es für ausgeschlossen. Wahrscheinlich hat sie die magische Kraft, die vom pharaonischen Thron ausgeht, überschätzt und lebte in dem Wahn, daß durch diese Kraft Strafen, Schwert und Armee überflüssig werden. Schon möglich, daß sie ihren Fehler frühzeitig erkannte, doch aus Angst, das Vertrauen ihres Mannes zu verlieren, geschwiegen hat und sich dem Schicksal fügte. Als sich alle von ihm lossagten, verließ auch sie ihn. Verzweifelt klammerte sie sich an die letzte Hoffnung, daß ihre Liebhaber sie nicht im Stich lassen würden. Haremhab hat bestimmt versucht, den Hohen Priester zu überreden, sie nach Theben zurückkehren zu lassen. Aber in diesem Punkt blieb er unerbittlich. Dann starb der Ketzer, und sie – sie hockt noch immer in ihrem Gefängnis und muß mit Kummer und Gram allein fertig werden.

Hätte Amenophis der Dritte einen seiner schlimmsten Feinde als Nachfolger auf den Thron gesetzt, er hätte uns nicht mehr Schaden gebracht als dieser verfluchte Ketzer.«

Tij

Die Frau des Weisen Eje war eine freundliche, zierliche Dame, die trotz ihrer siebzig Jahre einen sehr gesunden Eindruck machte. Als Eje sie nach dem Tod seiner ersten Frau geheiratet hatte, war Nofretete höchstens zwei Jahre alt gewesen. Tij brachte auch ein Mädchen auf die Welt – Mutnadjmet. Als Nofretete Königin wurde, nahm sie Tij in ihren Hofstaat auf und verlieh ihr den Titel »Erzieherin der Königin«. Offenbar hat Nofretete sie geliebt, denn sonst hätte sie dies nicht getan. Tij war also keine Stiefmutter im üblichen Sinn, sondern hat Nofretete mit ihrer Liebe und Fürsorge bedacht.

Um nicht sinnlos Zeit zu vertun, erzählte ich Tij, was ich bereits über die Ereignisse in Erfahrung gebracht hatte. »Ich möchte Sie weder überanstrengen noch Ihre Zeit unnütz in Anspruch nehmen, und wenn Sie glauben, nichts Wesentliches hinzufügen zu können, würde ich mich gleich verabschieden.« Doch siehe da, sie begann zu reden.

»Ich hatte mit dem König nicht viel zu tun, auch wenn ich seiner Frau nahestand. Er hat sich nur einige wenige Male direkt an mich gewandt, aber seine liebenswerte Art wird mein Herz nie vergessen. Da mein Mann sein Lehrer war, haben meine Tochter und ich viel über ihn erfahren. Als wir hörten, daß er sich von Amon abwendete und sich zu Aton hingezogen fühlte, waren wir zunächst verstört, als aber darüber geredet wurde, er habe einen neuen Gott entdeckt, waren wir, also Mutnadjmet und ich, sehr erschrocken. Meine liebe Nofretete sah das ganz anders. Doch vielleicht sollte ich, bevor ich weitererzähle, zuerst einmal etwas über Nofretete sagen. Sie war ein kluges Mädchen, geistig sehr rege und auf alles Schöne bedacht. Sie fühlte sich hingezogen zu den Geheimnissen der Religion. Ihren Altersgenossen war sie an Reife weit überlegen. Deshalb sagte ich einmal zu Eje: ›Ich habe das Gefühl, als könnte aus deiner Tochter eines Tages eine Priesterin werden.‹

Natürlich gab es zwischen ihr und ihrer kleinen Schwester Streitigkeiten, wie es bei Geschwistern üblich ist. Aber Nofretete war meistens im Recht. Jedenfalls kann ich mich nicht daran erinnern, jemals mit ihr gescholten zu haben. Wie es sich für die ältere Schwester gehört, hat sie sich immer darum bemüht, sich mit der Kleinen auszusöhnen. Im Unterricht war sie so gut, daß ich Angst hatte, meine Tochter könnte ihr es übelnehmen. Wann immer mein Mann vom Kronprinzen erzählte, hörte sie voller Bewunderung zu. Mehr und mehr wuchs ihr Interesse für Aton. Plötzlich überraschte sie uns mit der Nachricht, wie der Prinz nur noch an den einzigen und alleinigen Gott zu glauben.

›Aber er ist ein Ketzer!‹ rief Mutnadjmet entsetzt.

›Er hat Gottes Stimme vernommen‹, erwiderte Nofretete mit Nachdruck.

›Dann bist auch du eine Ketzerin!‹

Nofretete hatte eine sehr schöne Stimme. Voller Freude hörte ich ihr zu, wenn sie sang:

Was soll ich bloß der Mutter sagen,
da ich nicht wie an anderen Tagen

hab Netze gestellt und Vögel gebracht,
weil deine Liebe mich gefesselt hat.

Nachdem sie zu ihrem neuen Glauben gefunden hatte, sang sie ganz für sich allein im Garten ständig von diesem einzigartigen Gott. Keiner von uns war darüber begeistert. Doch eines Morgens, ich kämmte mir gerade das Haar, hörte ich sie singen:

O du ewig Lebender,
du einzig Schönheit und Pracht,
gießt Freude über Hügel und Tal,
erfüllst mit Licht das große All.

Dieses Lied, das in unserem Haus zum ersten Mal ertönte, wurde zur Hymne des neuen Gottes.

Es kam der Tag, da der dreißigste Jahrestag der Thronbesteigung Amenophis' des Dritten gefeiert wurde, und wir hatten die Ehre, daran teilzunehmen. Ja, selbst die Töchter durften uns zum ersten Mal begleiten. Sie freuten sich, einer Feier im Palast der Pharaonen beizuwohnen. Ich gab mir große Mühe, die beiden Mädchen gut aussehen zu lassen, damit sie der auserlesenen Schar junger Männer gefielen. Sie trugen lange, fließende Gewänder, und die Schultern bedeckte eine brokatbestickte Stola. Die Riemen ihrer Sandalen waren aus purem Gold.

Wir traten in einen Saal ein, der so groß war wie unser Palast. Fackeln spendeten Licht, und entlang der Wände standen überall Sessel für die Gäste. Für die Prinzen und Prinzessinnen waren in zwei Reihen gesondert Sessel aufgestellt, an deren Spitze sich der Thron erhob. Für die Musiker und nackten Tänzerinnen blieb genügend freie Fläche ausgespart. Sklaven trugen Weihrauchgefäße umher und boten den Gästen die erlesensten Speisen und Getränke an. Ich ließ meinen Blick schweifen. Nur allzugern hätte ich mir für meine Mädchen den vielversprechenden Offizier Haremhab und den begabten Bildhauer Bek gewünscht. Als dann der Zeitpunkt kam, da die jungen Damen vor dem Königspaar tanzen und singen sollten, bemerkte ich, daß die Blicke solch vornehmer Herren wie Haremhab, Bek, Nachet und Maj mehr oder weniger verhohlen Nofretete folgten. Ach, mit welcher Eleganz sie tanzte, und ihre Stimme klang schöner als die der Sängerinnen. Sie nahm einen wirklich gefangen. An diesem Abend konnte ich die stille Eifersucht von Mutnadjmet verstehen, ich teilte ihren Kummer. Doch mich tröstete der Gedanke, daß Mutnadjmet die Bühne allein beherrschte und nicht mehr in Nofretetes Schatten stand, wenn diese erst einmal verheiratet wäre. Aus purer Neugier sah ich zu Nofretete hinüber, ich wollte wissen, wen sie mit ihren Blicken bedachte. Erschrocken wich ich zurück – sie starrte verzückt ihren geistigen Führer, den Kronprinzen, an. Ich muß sagen, daß mich sein seltsames Aussehen und diese verblüffend weibliche Zartheit befremdeten. Ich schaute wieder zu Nofretete hinüber, und als sie in meine Nähe kam, flüsterte sie mir verstört zu: ›Ich hatte geglaubt, er wäre ein Riese!‹

Ihrer Begeisterung für ihn tat dies aber keinen Abbruch, doch nicht einmal im Traum hatte sie daran gedacht, was das Schicksal für sie vorgesehen hatte.

Nachdem wir in unseren Palast zurückgekehrt waren, sagte ich zu meinem Mann: ›Schon bald werden die Freier an unsere Tür klopfen. Halte dich bereit, Eje.‹

Mit der ihm eigenen Gelassenheit erwiderte er: ›Die Götter werden's schon richten.‹

Kurz danach, einen Tag oder zwei Tage später, kam er nach Hause und sagte: ›Die Königin will Nofretete sprechen.‹

Die Mädchen und ich sprangen erschrocken auf. ›Was hat das zu bedeuten?‹ fragte ich.

Er überlegte eine Weile, dann meinte er: ›Vielleicht will die Königin Nofretete mit einem Amt betrauen.‹

›Du weißt doch bestimmt mehr, also red schon.‹

›Wie soll ich wissen, was der Großen Königin durch den Kopf geht?‹

Eje nahm Nofretete beiseite und gab ihr Hinweise, wie man sich in Gegenwart von königlichen Häuptern richtig verhält. Ich sagte nur: ›Möge Amon dich behüten.‹

›Ich vertraue ganz und gar auf den Schutz des einzigen und alleinigen Gottes‹, erklärte sie entschlossen.

Da war es um Ejes Ruhe geschehen. ›Hüte dich‹, rief er erbost, ›solchen Unsinn im königlichen Palast zu erzählen!‹

Nofretete machte sich auf den Weg, und als sie zurückkehrte, warf sie sich schluchzend in meine Arme. Eje gab die Erklärung: ›Die Große Königin hat sie als Gattin des Kronprinzen erwählt.‹

Die Nachricht schlug wie ein Blitz ein. Hatte es je Eifersucht und Rivalität gegeben, so war es damit jetzt vorbei. Die Heirat öffnete für uns alle das Tor zum Glück, würden wir doch nun Mitglieder der königlichen Familie werden. Das Glück trug uns auf riesigen Schwingen empor und ließ uns hoch oben, über all den anderen unsere Kreise ziehen. Es gab also genug Grund, Nofretete ehrlichen Herzens zu gratulieren, was Mutnadjmet auch tat.

Als sich Nofretete ein wenig beruhigt hatte, begann

sie über die Begegnung mit der Großen Königin zu berichten. Ich war noch viel zu aufgeregt, um richtig zuhören zu können. Deshalb erinnere ich mich auch nicht mehr an irgendwelche Einzelheiten. Aber was bedeutet schon ein solches Gespräch gemessen an seinem Ergebnis?

Die Hochzeitsfeier war großartig, die Alten unter den Gästen fühlten sich an die Hochzeit von Amenophis dem Dritten erinnert. Von nun an gehörten wir also zur königlichen Familie, und meine liebe Nofretete erwählte mich zu ihrer persönlichen Erzieherin, ein hohes Amt, das einen in der Rangfolge gleich nach den Prinzessinnen stellte. Die Heirat machte aus Nofretete und dem Kronprinzen eine unteilbare Einheit, nichts außer dem Tod konnte sie noch trennen. Als Gattin teilte sie mit ihm Freud und Leid, jedenfalls bis kurz vor dem Ende. Mit der Geschicklichkeit einer Frau, die für den Thron geschaffen war, regelte sie für ihn die Angelegenheiten des Königreichs. Sie spornte ihn an, seine religiöse Botschaft zu verbreiten, und sie tat es mit solchem Eifer, daß man den Eindruck hatte, sie wäre vom einzigen und alleinigen Gott höchstselbst als Priesterin erkoren. Glauben Sie mir, sie war in des Wortes vollster Bedeutung eine große Königin. Deshalb war ich völlig verstört, als ich von ihrer plötzlichen Flucht hörte, und zwar zu einem Zeitpunkt, als das Unheil für ihren Mann seinen Höhepunkt erreicht hatte. Zum ersten Mal hatte sie einen Entschluß ohne mein Wissen gefaßt, deshalb lief ich sofort zu ihr. Tränenüberströmt sank ich zu ihren Füßen danieder, aber das schien sie nicht zu rühren. Ganz ruhig erklärte sie: ›Geh in Frieden.‹

Ich rang die Hände. ›Die Getreuen des Königs ziehen

nur deshalb fort, weil sie ihn vor Unheil bewahren wollen!‹

›Geh in Frieden‹, wiederholte sie kalt.

Verwirrt stammelte ich: ›Und Ihr, was werdet Ihr tun, Gebieterin?‹

›Ich werde meinen Palast nicht verlassen.‹

Ich wollte etwas entgegnen, aber gebieterisch herrschte sie mich an: ›Geh in Frieden!‹

Im Gefühl, die unglücklichste Frau auf der Welt zu sein, schlich ich hinaus. Ich habe lange darüber nachgedacht, was sie wohl dazu bewogen haben mochte, auf diese Weise wegzugehen. Mir scheint, daß es nur einen Grund dafür gibt – Abscheu. Sie haßte es, die Niederlage ihres Königs und ihres Gottes mit ansehen zu müssen. Deshalb ist sie in einem Anfall äußerster Verzweiflung auf die Idee gekommen zu fliehen. Bestimmt hatte sie geplant, nach der Flucht der anderen zu ihrem Mann zurückzukehren, aber das wurde ja mit Gewalt verhindert. Falls Ihnen jemand etwas anderes über ihre Flucht aus dem Palast erzählt, dürfen Sie es nicht glauben. Es gibt so viele und ganz widersprüchliche Meinungen, jeder wird behaupten, die Wahrheit zu kennen. Aber die Leute reden, wie es ihnen gerade paßt. Das Leben hat mich gelehrt, niemandem zu glauben und zu vertrauen. Da ist nun so viel Zeit vergangen, aber ich frage mich noch immer, ob mein Gebieter, König Echnaton, dieses traurige Ende verdient hat. Er war großmütig, aufrichtig, liebevoll, gnadenreich – warum können die Menschen nicht Gutes mit Gutem vergelten? Warum sind sie wie die wilden Tiere über ihn hergefallen? Warum haben sie seine Macht in den Schmutz gezogen, als wäre er ein ruchloser Feind? Vor etlichen Jahren hatte ich einmal geträumt, daß er am Boden liegt und aus einer tiefen Wunde am Hals blutet. Mich beschlich das Gefühl, daß man ihn getötet hatte, aber behaupten würde, er wäre eines natürlichen Todes gestorben. So kam es dann auch.«

Die alte Dame schwieg, starrte ins Leere. Plötzlich murmelte sie: »Einen solchen Mann werden wir nie wieder erleben.«

Mutnadjmet

Kaum saß ich ihr gegenüber, überfiel mich das Gefühl, daß sich zwischen ihr und mir eine unüberwindbare Schranke erhob. Sie war Anfang Vierzig, schlank und hübsch. Der Glanz der honigfarbenen Augen verriet ihre Intelligenz. Sie lebte in einem eigenen Flügel im Palast ihres Vaters. Mit dieser Frau verband sich ein ungelöstes Rätsel – trotz vieler Bewerber hatte sie nie geheiratet.

Ich war noch dabei, meine Papiere zu ordnen, da begann sie schon zu erzählen.

»Das Schicksal hat es gewollt, daß wir an der Tragödie des Ketzers unmittelbar Anteil hatten. Mein Vater war sein Lehrer, und durch ihn erfuhren wir, was Echnaton tat und dachte. Von Anfang an hatte ich keine gute Meinung von ihm, ich hielt ihn für verrückt. Im Verlauf der Zeit sollte sich mein Verdacht als richtig erweisen. Nofretete hingegen nahm eine ganz andere Haltung ihm gegenüber ein, was mich, im Unterschied zu den Eltern, keineswegs überraschte. Sie war immer bemüht, die Aufmerksamkeit auf sich zu lenken, wenn nötig auch durch völlig sinnlose Streitereien. Sicher, sie war klug, aber weder war sie aufrichtig noch treu. Das erklärt, warum sie Amon verlassen und Aton verehrt hat. Schließlich hat sie alle unsere Götter aufgegeben und behauptet, an einen Gott zu glauben, von dem wir noch nie gehört hatten.

Einmal sagte sie zu unserem Vater: ›Richte bitte dem Kronprinzen aus, daß ich an seinen Gott glaube.‹

Vater sah sie finster an. ›Wie kannst du so dumm sein, Nofretete. Du bist dir über die Folgen nicht im klaren.‹

Ich hatte große Angst, daß uns alle wegen ihrer lästerlichen Reden der Fluch trifft. Mein Glaube an die Götter war in meinem Herzen fest verankert und durch nichts zu erschüttern. Und wenn ich auch verkündete, an den neuen Gott zu glauben, dann nur, weil ich schließlich zur königlichen Familie gehörte. Außerdem war es meine Absicht, die neue Stellung auszunutzen, um so viel wie möglich für die mir heiligen Götter zu tun. Meinen Glauben konnte mir nichts und niemand nehmen.

Den Ketzer sah ich zum ersten Mal, als wir zum dreißigsten Thronjubiläum von König Amenophis dem Dritten eingeladen waren. Ich war verblüfft, daß er genauso abstoßend aussah wie seine Gedanken verdorben waren. Er war alles in einem – häßlich und lächerlich. Nehmen Sie bloß nicht ernst, was Sie über die sogenannte reine, edle Liebe zwischen diesem Ketzer und seiner großartigen Königin Nofretete gehört haben. Wenn sie jemand kannte, dann ich. Ich wußte genau, von was für einem Mann sie träumte. Auf jeden Fall hatte ihr Traummann nichts mit diesem lächerlichen, abstoßenden, schwächlichen Jüngelchen zu tun, der halb Frau, halb Mann war. Beide haben ständig behauptet, mit der Wahrheit zu leben, so ein Unsinn. Er lebte im Wahnsinn und sie mit Lüge und Verrat. Das einzige, was sie liebte, waren der Thron und die Macht. Während des Festes im Palast zeigte sich ihr wahres Wesen. In geradezu schamloser Weise bot sie sich wie eine

Hure feil. Sie warf ihr Netz nach Haremhab aus, doch der hatte mit solch vulgären Frauen nichts im Sinn. Als wir, die Töchter aus gutem Hause, tanzen und singen sollten, tat ich es mit Anstand und Scham. Ich hatte eigens ein Lied zum Lob des Pharao ausgewählt. Es ging so:

Wo Ihr seid, ist Speis und Hunger zu End',
ist Kleidung und keine Blöße.
Ihr seid das heitere Blau nach tosendem Sturm,
gebt Wärme dem, der gerade noch fror.

Dann war Nofretete an der Reihe, und sie führte sich beim Tanzen dermaßen unsittlich auf, daß alle entsetzt waren, ausgenommen natürlich einige liederliche Personen. Und dann erst das Lied, es war wirklich unmöglich. Sie sang:

Stoß an mit mir und heb das Glas,
trink's aus, bis du berauscht,
hab Freude, werd mir nimmer satt,
die Falle ist gestellt.
Hinein mit uns, nur wir allein,
es könnt' nicht schöner sein.

Peinlich berührt hielt mein Vater den Kopf gesenkt, und meine Mutter stöhnte und seufzte. Die Sängerinnen flüsterten sich leise zu: ›Die könnte eine von uns sein.‹

Als wir spät nachts in unseren Palast zurückkehrten, träumte Nofretete bestimmt davon, daß am nächsten Morgen Haremhab ans Tor klopfen würde. Aber das Schicksal hatte für uns eine andere Überraschung ausgeheckt, und nicht nur für uns, sondern für Ägypten und das Reich. Nofretete, dieses hinterhältige Weib, wurde zur Großen Königin gerufen, und als sie zurückkam, war sie die Frau des Kronprinzen. Empört fragte ich meine Mutter, ob ein Pharao nicht von Rechts wegen seinen Sohn nur mit einer Prinzessin mit königlichem Blut verheiraten dürfe. ›Wenn seine Macht gesichert ist und er ein Mädchen aus dem Volk als Schwiegertochter akzeptiert, hat das keine Bedeutung. Er selbst hat es ja nicht anders gemacht.‹ Sie gab mir einen Kuß und flüsterte: ›Sei vernünftig, Mutnadjmet. Du bist zwar besser als sie, aber gegen das Schicksal können wir nichts ausrichten. Sei zufrieden, daß du Prinzessin wirst und so lange vom Glück begünstigt bist, wie du treu zu deiner Schwester stehst.‹

Offen und ehrlich erwiderte ich: ›Ein guter Ratschlag, aber ich werde ihn nur befolgen, wenn sich Ehre und Würde damit vereinbaren lassen.‹ Das war immer mein Leitspruch, und davon bin ich nie abgewichen.

Als ich mit Nofretete allein war, fragte ich sie: ›Gefällt er dir denn?‹

Obwohl sie genau wußte, wen ich meinte, stellte sie sich dumm. ›Wer soll mir gefallen, Mutnadjmet?‹

›Dein künftiger Gatte.‹

›Oh‹, rief sie begeistert, ›er ist ein Wunder!‹

›Auch als Mann?‹

Reichlich dunkel antwortete sie: ›Priester und Gatte – das kann man nicht voneinander trennen.‹

Ich wußte, was in ihrem Kopf vorging. Es fiel mir nicht schwer, ihre Gedanken zu lesen. Als Königin und Priesterin würde sie mit ihm den Thron teilen, und ansonsten würde sie sich nicht davon abhalten lassen, ihre Liebeslust und Lebensgier mit sonstwem zu stillen. Genau so kam es. Sie lebte völlig sorglos in den Tag hinein, und als Entschuldigung galten ihr seine schwächliche Konstitution und seine Politik, die auf Liebe und nicht auf Strafe gegründet war. Rache hatte sie von ihm nicht zu befürchten. Da ich täglich mit dem Harem zu tun hatte, war ich über seine Impotenz und Abartigkeit bestens unterrichtet. Im Harem kennt man Dinge, die selbst den höchsten Würdenträgern entgehen. Die Frauen machten sich über den Schwächling lustig. Mehr noch, sie waren es, die seine schändliche Beziehung zu seiner Mutter aufgedeckt hatten. Sie war die einzige Frau, in deren Armen er es schaffte, seine Impotenz zu überwinden, die einzige Frau, die ihm eine Tochter gebar. Eine solche Schande, etwas so Widernatürliches hatte es in der langen Geschichte unseres Landes noch nie gegeben. Für mich stand fest, daß Ägypten einer schwarzen Zukunft entgegengeht. Vor mir und meinem Gewissen legte ich das Versprechen ab, immer und überall auf seiten des Rechts zu stehen.

Dann starb Amenophis der Dritte, und Nofretete nahm den Platz der Großen Königin ein. Wir durchlebten eine düstere Zeit in Theben, bevor wir nach Achetaton zogen, der schönsten Stadt, die je ein Mensch gesehen hat. Offenbar hatten die Götter dem Ketzer noch einen Aufschub gewährt, denn wir verbrachten dort glückliche und sorgenfreie Tage. Unsere Götter ließen ihn gewähren. Er verdrängte sie, beschlagnahmte ihr Vermögen, und sie – sie ebneten ihm den Weg zum Erfolg. Da konnte es nicht ausbleiben, daß manch ein Dummkopf den neuen Gott und die Botschaft von Liebe und Frieden für den sichtbaren Sieg verantwortlich machte. Einmal, ich hatte mich vergewissert, daß niemand in der Nähe war, fragte ich meine Mutter: ›Wo bleiben unsere Götter? Warum sind sie nicht erzürnt über das, was geschieht?‹

Und meine Mutter erwiderte doch tatsächlich: ›Mutnadjmet, das ist der Beweis für die Wahrhaftigkeit des neuen Gottes.‹

Ich starrte sie sprachlos an. Mir schien, daß meine alte Welt endgültig untergegangen war.

Doch nicht lange, und der Alptraum begann sich aufzulösen. Wie ein Sturm brach das Leid über das Land herein und fegte alles hinweg. Wann immer das Schicksal uns übel mitspielte, sagte ich zu meinem Vater: ›Das ist Amon, er zeigt uns die Zähne.‹

›Red nicht wie die Priesterschaft, die nur voller Haß ist.‹

›Aber, Vater, kennst du deine Pflicht nicht mehr?‹

›Ich brauche keinen, der mich an meine Pflicht erinnert‹, knurrte er verärgert.

Ich suchte Nofretete auf. ›Willst du nicht irgend etwas tun, um deinen Thron zu verteidigen?‹

›Uns geht es nur um den Thron des einzigen und alleinigen Gottes, für ihn zehren wir uns auf‹, erwiderte sie pathetisch. Aber mich konnte sie damit nicht täuschen. Sie war nicht aufrichtig, hatte noch nie gewußt, was ehrliche Treue bedeutete. Sie war von der Angst beherrscht, daß ihr Mann, würde sie ihn vor den Folgen seiner Unnachgiebigkeit warnen, das Vertrauen zu ihr verlor und sich eine andere Frau als Königin erwählte. Bei meinen vorsichtigen Versuchen herauszufinden, wes Geistes Kind die Gefolgsleute des Ketzers waren, entdeckte ich, daß Toto, der Minister für Korrespondenzen, der alten Zeit nachtrauerte. Wir kamen öfters ins Gespräch, und schließlich wußte jeder über den anderen Bescheid. Toto wurde zum Mittelsmann zwischen mir und dem Hohen Priester Amons. Es war eine Erfahrung, die mir unendliche Schmerzen bereitete. Ich mußte zwischen meiner Familie und meiner Treue zu Gott und Vaterland wählen. Der Preis war hoch, denn als ich ins andere Lager wechselte, verlor ich nicht nur mein glückliches Familienleben, sondern ich mußte Angst um mein eigenes Wohl haben.

Toto bat mich, im Auftrag des Hohen Priesters zu versuchen, Nofretete auf unsere Seite zu ziehen.

›Das habe ich bereits getan‹, erwiderte ich, ›aber sie ist genauso verrückt wie der Ketzer.‹

Daraufhin schickte der Hohe Priester die Königin Teje nach Achetaton, und schließlich kam er sogar selbst in die Stadt, um die Gefolgsleute des Königs zum letzten Mal zu warnen. Toto wehrte sich dagegen heftig. Er schlug vor, ohne lange Ankündigung gleich über die Männer herzufallen, sie in Ketten zu legen und die abtrünnige Stadt zu Schutt und Asche zu machen.

Es war mein größter Wunsch, Haremhab für uns zu gewinnen. Wenn einer Macht über die Stadt besaß, dann er, und er war für seine Gradlinigkeit und Aufrichtigkeit bekannt. Ich verwickelte ihn öfters in Gespräche und spürte bald heraus, daß wir wahrscheinlich einer Meinung waren, er aber auf der Hut war und kein rechtes Vertrauen zu mir hatte. Als die Gefahr eines Kriegs immer bedrohlicher wurde, rückte ich ihm auf den Leib. ›Wir müssen die Lage neu durchdenken‹, erklärte ich. Er sah mich fragend an. ›Wir können nicht zulassen‹, und nun wurde ich ganz deutlich, ›daß Ägypten brennt und in Asche zerfällt.‹

›Solltet Ihr nicht mit Eurer Schwester darüber sprechen?‹ fragte er listig.

Ich war nicht mehr bereit, ein Blatt vor den Mund zu nehmen. ›Meine Schwester ist nicht weniger wahnsinnig als der König.‹

›Und was schlagt Ihr vor?‹

›Wenn es um die Rettung des Landes geht, ist alles erlaubt.‹

Wie Sie wissen, kam dann das Ende, und dieses Ende war eine schlimmere Tragödie als der Überfall der Hyksos auf unser Land. Und alles nur, weil ein Wahnsinniger auf dem Thron saß und diese heilige und ehrwürdige Institution für seine Launen schamlos ausgebeutet hatte. Aber für mich wiegt Nofretetes Schuld schwerer als die des Ketzers, ihr mangelte es weder an Schlauheit noch List. Leider interessierte sie sich für nichts anderes als für sich selbst und ihren Ehrgeiz. Als sich der Ruhm ihres Gatten verflüchtigte, verließ sie ihn auf der Stelle. Sie schloß ihren Frieden mit seinen Feinden, bewarb sich als Königin für den neuen Thron. Aber davon ließ sich niemand beeindrucken. Da hockt sie nun lebendig begraben in dunkler Einsamkeit und kann sich ganz ihrem Leid hingeben.«

Merire

Er war ein Mann in den Vierzigerjahren, dunkelbraune Haut, schlank, in dessen traurigem Blick sich das ganze Ausmaß der Tragödie andeutete. Ohne Gefährten und ohne Diener lebte er allein in einem kleinen Haus. Das also sollte der Mann sein, der einst in Achetaton, der Stadt des Lichts, der Hohe Priester des einzigen und alleinigen Gottes gewesen war. Ich besuchte ihn in seiner Heimatstadt Daschascha, die zwei Tagesreisen entfernt nördlich von Theben lag. Als er das Empfehlungsschreiben meines Vaters gelesen hatte, lächelte er und fragte: »Warum unterziehen Sie sich einer solchen Strapaze?«

»Ich will die Wahrheit herausfinden.«

Wehmütig schüttelte er den Kopf. »Schön zu wissen, daß es wenigstens noch einen Menschen gibt, der auf der Suche nach der Wahrheit ist.« Er machte eine Pause. »Nun ja, ich war wahrscheinlich der einzige, der sich weigerte, seinen Herrn zu verlassen, und den man deshalb mit Gewalt aus Achetaton vertrieben hat. Die göttliche Stimme war verstummt, der Tempel wurde geschleift, aber noch hatte das Schicksal nicht das letzte Wort gesprochen.« Seine braunen Augen sahen mich nachdenklich an, und nach einem Weilchen begann er zu erzählen.

»Ich hatte das Glück, als Junge ganz in der Nähe des Prinzen aufzuwachsen. Wie er interessierte ich mich für religiöse Dinge, und so blieb es nicht aus, daß wir gemeinsam die Religion des Amon und die des Aton studierten. Wie viele andere in der Umgebung des Prinzen war auch ich von ihm fasziniert. Seine Art zu reden war bezaubernd, und über seine unglaubliche Reife konnte ich nur staunen. Er segnete mich mit den Worten, mit denen er später die Herzen seiner Getreuen eroberte: ›Da ich dich liebe, bitte ich dich, mit deiner Liebe nicht zu geizen.‹

Seine Liebe drang bis auf den Grund meines Herzens, dorthin, wo noch kein anderes Gefühl eingekehrt war. Er erlaubte mir, wann immer ich wollte seine Einsamkeit am Nilufer zu teilen. Auf der westlichen Seite des Palasts stand oberhalb des Nils ein Sonnendach, getragen von vier Säulen und umgeben von Lotusbäumen und Palmen. Der Boden war mit frischem Gras bedeckt, und in der Mitte lagen eine grüne Matte und ein Kissen. In aller Frühe machte sich der Prinz zu dieser Einsiedelei auf, um den Sonnenaufgang zu erwarten. Wenn die goldene Scheibe hinter den Feldern auftauchte, hob er an zu singen. Noch immer erfüllt seine süße Stimme meine Brust, bemächtigt sie sich meiner Sinne wie der Duft heiligen Weihrauchs. Er sang:

Mit dem Licht des Himmels zeigst du deine Pracht.
Du lebender Aton, du Erster auf Erden.
Leuchtest du auf am östlichen Ufer,
hast du jedes Land mit Schönheit erfüllt.
Du bist Glanz, du bist Pracht,
du scheinst herab auf alle Welt,
deine Strahlen umarmen die Länder
und alles, was du erschaffen.
Du bist fern, doch deine Strahlen
sind bei uns auf Erden.

Er floß vor Inbrunst dahin, sein anmutiges Antlitz leuchtete. Dann spazierten wir ein wenig im Garten umher. ›Keine Freude ist so rein wie die Anbetung Gottes‹, sagte er.

Aber sein Leben war nicht frei von trüben Erfahrungen. Er beklagte sich bitterlich bei mir, daß sein Vater unbedingt einen Krieger aus ihm machen wollte. Jeder mißglückte Versuch in der Kunst der Waffen bereitete ihm Kummer. Und wenn er dann noch in den Spiegel sah, dessen Rahmen aus purem Gold war, dann lächelte er schmerzlich und meinte: ›Weder Kraft noch Schönheit.‹

Der Tod seines älteren Bruders Thutmosis versetzte ihm eine tiefe Wunde im Herzen. Nur der noch größere Schmerz beim Tod seiner geliebten Tochter Maketaton sollte das damalige Leid übertreffen. Oh, wie er den Bruder beweinte! Sein Sterben brachte den Prinzen zum ersten Mal mit der unnachgiebigen, undurchschaubaren Wirklichkeit des Todes in Berührung. ›Was ist der Tod, Merire?‹ fragte er mich. Ich flüchtete mich ins Schweigen, denn nur so konnte ich vermeiden, eine der vielen üblichen Antworten, die er verabscheute, von mir zu geben.

›Nicht einmal Eje weiß, was der Tod ist‹, klagte er. ›Die Sonnenscheibe vermag es, nach dem Untergehen wieder zu strahlen, aber Thutmosis kehrt nie wieder in dieses Leben zurück.‹

Schwäche, Häßlichkeit, Trauer – das waren die Feinde, gegen die er sein Leben lang ankämpfen mußte. Doch wie die Strahlen der Sonne, deren erste Vorboten einen neuen Tag ankündigen, zog auch er seine unbekannte Bahn.

Eines schönen Morgens traf ich ihn in seiner Einsiedelei. Er sah blaß aus, aber er machte einen gefaßten Eindruck. Ich grüßte, doch er hielt den Blick starr geradeaus gerichtet, und statt meinen Gruß zu erwidern, sagte er: ›Die Sonne ist nichts, Merire.‹

Ich verstand nicht, was er meinte. Er nahm meine Hand und zog mich hinunter auf die Matte. ›Hör mir gut zu, Merire, denn das ist jetzt die Wahrheit. Letzte Nacht war ich, obwohl ich nichts getrunken hatte, vor lauter Sehnsucht wie berauscht. Die Dunkelheit war mein Gefährte, und ich empfand sie als so lieb und angenehm wie eine Braut, die sich dem Auge enthüllt. Ein Taumel hielt mich gefangen. Und dann, über tausend und abertausend Ahnungen und Erleuchtungen hinweg, brach über mich die Wahrheit herein, mit einer Klarheit, die das Auge nicht bieten kann. Eine Stimme drang zu mir, süßer als der Duft von Blumen, und sie sprach: Füll dein Herz mit meinem Odem, gib auf, was nicht von mir kommt. Ich bin die Kraft, die das Sein in Bewegung hält. Ich bin die Quelle, aus der sich das Leben speist. Ich bin die Liebe, der Friede, die Freude. Füll auf dein Herz mit mir, und stille den Durst der Leidenden auf Erden.‹

Es ging ein solches Strahlen von ihm aus, daß ich wie geblendet den Kopf nach hinten warf.

›Hab keine Angst, Merire‹, sagte er, ›vor dem Glück darfst du nicht zurückweichen.‹

›Das Licht! Es ist so hell‹, stieß ich keuchend hervor.

›Komm, und leb mit mir in der Wahrheit‹, bat er mich mit großer Sanftmut.

Ich richtete mich auf. ›Ja, mein Prinz, ich werde für immer und ewig an Eurer Seite sein.‹

Von Stund an bekannte sich der Prinz zum einzigen und alleinigen Gott, neben dem es keinen anderen Gott gab. Für mich und all jene, die dem Ruf folgten, war er der Lehrer und geistige Führer. ›Ich glaube an Euren Gott‹, versicherte ich ihm.

Er war beglückt. ›Recht so, Merire, dann wirst du der erste Priester in seinem Tempel werden.‹

Einigen seiner Vertrauten verkündete er den neuen Glauben, ohne sich aber gegen die anderen Götter aufzulehnen. Das kam erst später und etappenweise. Zunächst erklärte er nur, den falschen Göttern nicht mehr anzuhängen. Sie abzuschaffen und ihre Güter an die Armen zu verteilen, war so lange nicht möglich, wie er Kronprinz war und während der Herrschaft seines Vaters keine eigenen Beschlüsse fassen durfte. Die Heirat mit Nofretete machte ihn sehr glücklich. Das Schönste war aber für ihn, daß auch sie an seinen Gott glaubte.

In Achetaton betraute er mich mit der Stellung des Hohen Priesters. Als mein Gebieter die anderen Tempel schließen wollte, warnte ich ihn mit den Worten: ›Damit würdet Ihr eine Macht herausfordern, die auf die Menschen allerorten, von Nubien bis zum Meer, und seit eh und je großen Einfluß hat.‹

›Ach was, diese Priester sind nichts als Betrüger. Sie unterjochen die Schwachen, verbreiten Aberglaube und stehlen den Menschen das täglich Brot. Ihre Tempel sind Freudenhäuser, ihre Herzen berauscht von irdischer Lust.‹

Ich hatte den Eindruck, und in der Folge sollte er für mich zur Gewißheit werden, daß ihm eine Kraft innewohnte, die man diesem schwachen Körper nicht zugetraut hätte. Und außerdem besaß er einen Mut, von dem selbst Haremhab und Maj nur träumen konnten. Viele Menschen hielten ihn für ein unlösbares Rätsel, aber für mich war sein ganzes Wesen klar wie das Licht der Sonne. Er ging auf in der Liebe zu seinem Gott, und als er spürte, wieviel Liebe ihm Gott schenkte, weihte er ihm sein Leben, ohne sich um die Folgen zu kümmern. Für mich waren seine Entscheidungen nie dunkel. Mich verstörte seine berühmte Reise durchs Reich nicht. Mich berührte es keineswegs seltsam, daß er unter noch so großer Bedrängnis an der Botschaft von Liebe und Frieden festhielt. Mich bestürzte durchaus nicht sein Verhalten, als ihn seine engsten Gefährten verließen. Er wandelte in den Weiten Gottes, kam einzig seinem Befehl nach, wie sollte es ihn da kümmern, was mit ihm geschah? Wie kann einer, der sich nur in die Wahrheit versenkt, auf die Arglist von Politikern und die Schläue von Militärs achten? Sie bezichtigten ihn, sich etwas einzubilden, zu träumen und schwachsinnig zu sein, dabei lebte er nur in der Wahrheit. Sie waren die Phantasten und Irren, sie hingen dem Trugbild einer verderbten Welt an. Er legte ja nicht einmal auf den Thron wert, jedenfalls nicht in dem Maß, wie man es von anderen Königen her kannte. Ich kann mich noch gut daran erinnern, daß er, als er seine Reise wegen des Tods des Vaters abbrechen mußte, mich mit düsterem Gesicht fragte: ›Wird mich der Thron nicht vom Dienst an Gott abhalten?‹

›Im Gegenteil, Herr!‹ rief ich. ›Jetzt könnt Ihr die Macht des Throns für den Dienst an Gott nutzen. Das haben Eure Vorfahren nicht anders getan, obwohl sie nur Götzen dienten.‹

Erleichtert murmelte er: ›Recht so, Merire. Sie haben ihren Göttern die Ärmsten unter den Menschen geopfert, ich werde meinem Gott die Kräfte des Bösen opfern und all jene von ihren Ketten befreien, die es allein nicht schaffen.‹

So bestieg er den Thron, um sich in die schrecklichste Schlacht zu stürzen, die je ein König hat schlagen müssen – für die Wahrheit, die Liebe, den Frieden, das Glück der Menschen. Unzählige Widerwärtigkeiten nahm er auf sich und bewies, daß er dutzendfach stärker war als Thutmosis der Dritte. Versammelten sich seine Gefolgsleute vor dem Thron, regelte Nofretete die täglichen Notwendigkeiten. Er hingegen wirkte unermüdlich darauf hin, daß sie ihren Glauben an Gott immer neu stärkten, damit sie der göttlichen Gnade wahrhaft würdig seien und sich als Mensch auszeichnen könnten. Der magische Zauber, der von ihm ausging, erwies sich bei seiner Reise durchs Reich als das wirksamste Mittel, das Volk zu bekehren. Die Menschen waren hingerissen, ja berauscht von der Süße seiner Botschaft. Als Zeichen ihrer Liebe überschütteten sie ihn mit ihren schönsten Blumen und herrlichsten Düften.«

Merire hielt inne, seufzte schwer und lange, und dann fuhr er fort: »Doch drohend zogen die Wolken herauf, ballten sich im Innern und Außen zu Haufen von Haß. Jeder bekam, je nach der Stärke seines Glaubens, einen Teil dieses Hasses zu spüren. Mein Herr scherte sich darum nicht, wieder und wieder sprach er: ›Gott wird mich nicht verlassen.‹ Einmal, es war im Tempel, fragte er mich: ›Was soll ich tun, Merire? Die Männer raten mir, mäßiger zu sein, und Gott befiehlt mir, fest im Glauben zu bleiben. Wem soll ich folgen?‹

Ich mußte nichts sagen, die Antwort war klar.

Als die Krise sich zuspitzte, suchte mich Haremhab im Tempel auf. ›Hoher Priester, Ihr steht dem König am nächsten …‹

Ich ahnte, worauf er hinauswollte. ›O ja, und das ist eine Gnade Gottes‹, erwiderte ich.

›Die Lage erfordert eine veränderte Politik.‹

Ich sah ihn fest an. ›Ich höre nur auf die Stimme der Wahrheit.‹

Verärgert runzelte er die Stirn. ›Ich hatte erwartet, daß wir vernünftig miteinander reden können.‹

›Das geht nur mit wahren Gläubigen.‹

Als ich davon hörte, daß die Männer den König unter dem Vorwand verlassen wollten, damit sein Leben zu schützen, sagte ich zu Eje: ›Was mich betrifft, werde ich einen Rückfall in den Unglauben nicht hinnehmen.‹

Mein Herr weigerte sich, auch nur einen Schritt zurückzuweichen. Andererseits wollte auch er keinen Krieg. Er hoffte, daß sich das Volk den aufständischen Truppen entgegenstellte. Er vertraute auf den Glauben der Menschen. Aber das sahen seine Gefolgsleute ganz anders. Für sie stand fest, daß sie, wenn er getötet wurde, aus Rache für ihre Treue das gleiche Schicksal ereilen würde. Deshalb ließen ihn alle im Stich. Mit roher Gewalt wurde ich gezwungen, mich der Karawane der Abtrünnigen anzuschließen, und die Wache bekam den Befehl, den König daran zu hindern, sich direkt ans Volk zu wenden. Er konnte nichts mehr tun, saß als Gefangener in seinem eigenen Palast. Als ihn dann sogar Nofretete verließ, überwältigte ihn angesichts von so viel Schwäche im Glauben der Schmerz. Sein Lebenswerk, das einzig nur der Verbreitung und Festigung des Glaubens gedient hatte, war zerstört.

Es hieß dann, daß eine Krankheit ihn dahingerafft hätte, aber das bezweifle ich sehr. Ich halte es für wahrscheinlich, daß ruchlose Hände ihn gepackt und seiner unsterblichen, reinen Seele beraubt haben. Er starb, ohne erfahren zu haben, daß ich ohne militärischen Zwang nie von seiner Seite gewichen wäre. Übrigens bin ich überzeugt, daß auch Nofretete ihn nur unter Anwendung von Gewalt verlassen hat. Von dieser Meinung bringt mich keiner ab.«

Wieder seufzte er schwer. Dann sah er mich fest an und sagte: »Nein, er ist nicht gestorben. Er kann gar nicht sterben. Er ist die auf ewig bleibende Wahrheit, die sich immer erneuernde Hoffnung. Früher oder später wird er den Sieg davontragen. Hat Gott nicht versprochen, ihn nicht zu verlassen?«

Merire beugte sich nach hinten und holte aus einem Schrank eine Papyrusrolle hervor. Er übergab sie mir mit den Worten: »Hier finden Sie alles aufgezeichnet, seine Botschaft und seine Hymnen. Lesen Sie sie gut, junger Mann, damit Ihr wahrheitsliebendes Herz eine Antwort findet. Nur darum geht es, nur aus diesem Grund haben Sie diese Reise unternommen.«

Maj

Ich machte mich auf den Weg nach Ranu Kulbura, einem Zeltlager an der Grenze, wo Maj mit seiner Armee stationiert war. Er war zu Echnatons Zeit Führer der Grenztruppen gewesen und übte diesen Posten verdientermaßen auch im neuen Staat aus. Er war ein Mann in reifem Alter, ein Riese von Statur, und trat außerordentlich selbstbewußt auf. Er las das Schreiben meines Vaters und sah mich wohlwollend an. Seine Augen blitzten, offenbar freute er sich über die Gelegenheit, seinem Herzen einmal Luft machen zu können.

»Dieser Ketzer, dieser Bastard! Der mit seiner Abartigkeit die besten Männer entwürdigte! Die Trommeln mußten schweigen, die Fahnen des Ruhms wurden eingeholt, und warum? Weil auf dem Thron der Pharaonen ein häßliches Weib saß in der Haut eines Mannes und Liedchen trällerte. Und ich, der Befehlshaber der Armee und Verantwortlicher für die Verteidigung des Imperiums, saß herum und war zum Nichtstun gezwungen. Der Zusammenhalt der Provinzen zerriß, immer größere Gebiete fielen in die Hände der Rebellen und Feinde, die Hilferufe unserer treuesten Freunde verhallten im Nichts. Dieser schwachsinnige Narr hat uns unserer Ehre beraubt, er hat uns zum Gespött gemacht, er hat uns zum Freiwild für alle Banditen werden lassen.

Glücklicherweise gehörte ich nie zum engen Kreis

seiner Gefolgsleute, auch wenn es die Pflicht erforderte, daß ich mich zeitweise in Achetaton aufhalten mußte. Wann immer ich dorthin kam, konnte ich nicht begreifen, wie Männer vom Schlage Ejes, Haremhabs und Nachets auf diesen mißgestalteten Grünschnabel hereinfielen und sich mit geradezu bestürzender Wohlgefälligkeit zwischen Palast und Tempel bewegten. Ich bin den Göttern meines Landes und den überkommenen Traditionen immer treu geblieben, und als ich zum ersten Mal von der Ketzerei Echnatons hörte, packte mich ein ungeheurer Zorn. Ich war fest entschlossen, mich sofort den gläubigen Menschen anzuschließen, wenn sie ihm den Gehorsam aufkündigten. An dem Tag, als er den Befehl ausgab, die Tempel zu schließen und die Priester zu vertreiben, war ich überzeugt, daß der große Fluch über uns kommt und jeden, ob er nun gut oder schlecht war, treffen wird.

Während eines Aufenthalts in Theben suchte mich in der Nacht der Hohe Priester Amons auf. Er fragte mich, ob mich diese Begegnung in Verlegenheit bringe. ›Ach was‹, erwiderte ich freiweg, ›es ist mir eine Ehre. Mein Palast steht zu Eurer vollen Verfügung.‹

Meine Offenheit überraschte ihn sichtlich. Er dankte mir und sagte: ›Ihr gehört noch zur Generation der Frommen und Rechtschaffenen, Maj. Seht Euch um, die Menschen haben allen Zuspruch und Trost verloren. Bisher konnten sie sich immer an die Götter wenden und ihnen Opfergaben bringen. In Zeiten der Bedrängnis suchten sie Zuflucht bei ihrem Priester, auf daß er ihnen, sei's fürs Leben, sei's im Sterben, den rechten Weg zeige. Jetzt irren diese armen Kreaturen umher wie in die Irre geleitetes Vieh.‹

Wut stieg in mir auf. ›Was soll das Gejammer? Seht

Ihr nicht, daß wir die Pflicht haben, ihn uns vom Hals zu schaffen?‹

Er überlegte kurz, bevor er sagte: ›Das könnte möglicherweise einen verheerenden Krieg heraufbeschwören.‹

›Dann gibt es also keine Lösung?‹

›Doch, man müßte seine engsten Gefährten überzeugen.‹

›Da kann man lange hoffen!‹

›Wir werden erst dann zum Äußersten greifen, wenn alle anderen Mittel versagen.‹

›Die Armee steht hinter Euch‹, versicherte ich ihm.

Der Erfolg ließ auf sich warten, die Katastrophe hatte das Land bereits erfaßt. Jetzt hieß es nur noch zu retten, was zu retten war. Viele fragten sich, was die Tragödie eigentlich heraufbeschworen hatte. Ich kann's Ihnen sagen – der Grund war die Schwäche dieses Ketzers, und zwar die des Körpers ebenso wie die des Verstands. Seine Mutter hat ihn unendlich verzärtelt, das hat ihn krankhaft empfindsam werden lassen. Wenn er sich seine Kameraden ansah, also Haremhab, Nachet und Bek, und sich mit ihnen verglich, kam er sich minderwertig vor. Er versteckte sein Schamgefühl hinter dem zarten Schleier weibischer Sanftmut und Weichlichkeit, aber gleichzeitig hegte er Rachegefühle gegen jeden, der stark war, ob das nun ein Gott oder ein Priester war. Er wollte das Feld allein behaupten, nur er sollte die Stimme Gottes sein, deshalb hat er sich eigens einen erfunden. Es ging ihm einzig und allein um unbeschränkte Macht. Andererseits lockte er bei manchem, der seine Schwäche erkannt hatte, den unwiderstehlichen Drang hervor, sie für seine eigenen Ziele auszunutzen. Nicht aus Angst hatten sich die Leute eilends um ihn geschart, sondern weil sie seine Schwäche ausnutzen wollten. Deshalb haben die Großen im Reich sich zur Botschaft seines Glaubens bekannt, und sie hatten recht. Als sie sich gegen ihn auflehnten, hat er ihnen nicht etwa seine Truppen geschickt, sondern Sendschreiben über die Liebe. Wegen seiner Schwäche haben Männer wie Eje, Haremhab und Nachet, an deren Klugheit kein Zweifel besteht, und eine so schlaue Frau wie Nofretete seine Religion angenommen. Seine Schwäche war der fette Happen, der Heuchler, Ehrgeizlinge, Liederjane und Diebe magisch anzog. Im Tempel sangen sie seine Hymnen, und draußen plünderten und beuteten sie die Menschen aus. Aber als ihnen dann Gefahr drohte, als sie fürchteten, das Leben zu verlieren, da hatten sie nichts Eiligeres zu tun, als ihn zu verlassen und mit ihrer Beute zum Feind überzulaufen. O ja, ich hatte sie alle durchschaut, und deshalb riet ich dem Hohen Priester auch ab, nach Achetaton zu reisen. ›Warnt sie nicht! Laßt mich mit meinen Truppen vormarschieren und sie vernichten. Erst dann wird wieder Gerechtigkeit einziehen.‹

Toto war sofort begeistert, aber der Hohe Priester beharrte auf seiner Haltung, geduldig und nachsichtig zu sein und jedes Blutvergießen zu vermeiden. ›Es ist schon genug Schlimmes geschehen‹, meinte er. Ich ahnte, was in seinem Kopf vorging. Er war ein kluger, vorausschauender Mann. Wenn er mir die Zustimmung gab zu kämpfen und ich den Ketzer und seine Leute besiegte, hätte ich, als Retter des Landes, den größten Anspruch auf den Thron gehabt. Aber ein starker König hätte gleichzeitig bedeutet, daß sich der Hohe Priester nur noch seinen eigentlichen Aufgaben widmen dürfte. Deshalb zeigte er sich so friedlich, deshalb hat er für den Thron einen jungen, hilflosen Burschen ausgesucht, auf dessen Kosten er dick und fett werden konnte. Sehen Sie sich doch nur an, wie diese Lumpen heute um den Thron herumschwirren – der Hohe Priester, Eje, Haremhab. Jeder lauert nur darauf, ihn zu besteigen. So sieht's heute in Ägypten aus, der Quell aufrichtiger Treue ist längst versiegt. Trotzdem muß man sagen, daß es uns heute besser geht als früher. Der Ketzer starb vor Gram, und sein verhurtes Weib wartet einsam und verlassen in den Ruinen der gottlosen Stadt auf ihr Ende.«

Der Tonfall seiner Stimme deutete an, daß er zu Ende gesprochen hatte. Sein Schweigen bekräftigte meinen Eindruck. Aber mir lag noch eine Frage am Herzen. »Und Nofretete? Was haltet Ihr von ihr?«

»Eine schöne Frau, für Unzucht wie geschaffen. Das Glück wollte, daß sie ihre Gier nach Männern vom Thron aus befriedigen konnte. Glauben Sie ja nicht den Unfug, daß sie als Königin etwas taugte. Wenn das Gerücht wenigstens nur zum Teil gestimmt hätte, wäre das Land während ihrer Regentschaft nicht dermaßen verkommen, hätte es nicht dieses Ausmaß von Zerstörung erlebt. Diese Frau hat den Ketzer genau in dem Moment verlassen, als klar war, daß er keine Macht mehr besaß. Sie hat gehofft, das nächste Schiff noch zu kriegen, aber da hatte sie sich getäuscht.«

Maho

Der ehemalige Polizeichef von Achetaton lebte in einem Dorf südlich von Theben und ernährte sich vom Ackerbau. Er war vierzig Jahre alt, kräftig gebaut. Sein Gesicht hatte etwas Grobschlächtiges, und seine kleinen Augen blickten traurig drein. Nachdem er den Brief meines Vaters gelesen hatte, verschränkte er die Hände auf dem Kopf und hing wehmütig seinen Erinnerungen nach. Erst nach einer Weile hob er an zu sprechen.

»Als Echnaton uns verließ, ist die Quelle jeglicher Freude versiegt. O Ägypten, mögen dir die Götter verzeihen!« Er hielt kurz inne, bevor er weitersprach: »Meine Beziehung zu ihm fing sehr seltsam an. Von so etwas hätte meinesgleichen nie geträumt. Ich gehörte als einfacher Soldat zur Wache im Pharaonenpalast, deshalb konnte ich ihn manchmal aus der Ferne beobachten, wenn er sich im Garten aufhielt. Eines Morgens sah ich ihn plötzlich auf mich zukommen, gerade so, als hätte er mich zum ersten Mal bemerkt. Vor Schreck erstarrte ich, stand steif wie ein Denkmal da. Er schaute mich lange und eindringlich an. Mir war zumute, als würde sein Blick mein Blut und meinen Atem stocken lassen. Auf einmal fragte er: ›Wie heißt du?‹

›Maho.‹

›Woher kommst du?‹

›Aus dem Dorf Fina.‹

›Was macht deine Familie?‹

›Sie sind Bauern.‹

›Warum hat dich Haremhab für die Wache genommen?‹

›Ich weiß nicht.‹

›Er sucht sich immer die Mutigen aus.‹

Vor Freude machte mein Herz einen Satz, aber ich sagte kein Wort.

›Du bist ein netter, ehrlicher Junge, Maho.‹

Ich war außer mir vor lauter Glück, hielt aber immer noch den Mund. Da hörte ich ihn fragen: ›Würdest du es annehmen, mein Freund zu sein?‹

Ich stand völlig benommen da, mein Verstand war wie weggeblasen. Ich stammelte: ›Das wäre eine zu große Ehre für mich.‹

Lächelnd setzte er sich in Bewegung. ›Nun, mein Freund, wir werden uns noch des öfteren begegnen.‹

So und nicht anders hat es sich zugetragen. Er hat sich immer auf diese Weise seine Leute ausgesucht. Irgendwann hörten meine Kameraden und ich, daß er Gott Aton anbete und ein neuer Gott sich ihm offenbart habe. Manchmal konnten wir aus geziemender Nähe auch seine Hymnen hören. Für alles, was von ihm kam, stand mein Herz weit offen. Sein Zauber zog mich an, ihm galt meine tiefe Liebe. Bestimmt habe ich nur wenig von dem verstanden, was ich gehört habe, und gewiß verwirrte mich dieser geheimnisvolle Gott, der nirgendwo als Denkmal zu sehen war. Denn wo gab es das schon – ein Gott, der nur liebte und nie strafte. Vielleicht habe ich unserem Gott Amon nie abgeschworen, aber an Aton glaubte ich aus Liebe zu meinem Herrn, dem gütigsten, sanftesten, barmherzigsten Menschen, den es je gab. Er lebte in der Liebe und für die Liebe. Nie hat er einem Wesen, ob Mensch oder Tier, Schaden zugefügt, nie hat sich seine Hand mit Blut befleckt, nie hat er einen Missetäter gestraft.

Als er den Thron bestiegen hatte, ließ er mich rufen.

›Ich werde dich zu nichts zwingen, was du nicht willst, Maho. Du wirst immer dein Auskommen haben, ob nun hier oder woanders. Ich möchte dich nur fragen, ob es dein Wunsch ist, deinen Glauben an den einzigen und alleinigen Gott zu bekennen.‹

Ohne zu zögern, antwortete ich: ›Ich bekenne mich zum einzigen und alleinigen Gott, Herr, und bin bereit, für ihn zu sterben.‹

›Du wirst die Polizei übernehmen‹, antwortete er bedächtig und setzte hinzu: ›Eins wird niemand von dir verlangen – dein teures Leben zu opfern.‹

Ich war zu allem bereit. Ich hätte sogar die Priester getötet, obwohl ich doch mit ihren Worten groß geworden war und sie sehr verehrte. Doch während all der Zeit, die ich als Polizeichef für ihn gearbeitet habe, holte ich bis auf ein einziges Mal gegen niemanden zum Schlag aus. Ein einziges Mal nur ist mir die Hand ausgerutscht, obwohl ich wußte, daß er es nie erlaubt hätte. An dem Tag, als er mich in mein Amt einführte, gab er mir folgendes auf den Weg mit: ›Von heute an soll dir deine Waffe nur Zierat sein. Erzieh die Menschen mit Liebe, wie ich es dich gelehrt habe. Wem mit einfacher Liebe nicht zu helfen ist, der muß eben doppelt und dreifach Liebe erfahren.‹

Wenn wir Diebe faßten, gaben wir das Gestohlene zurück. Wir besorgten ihnen Arbeit auf den Feldern und brachten ihnen die Botschaft von Liebe und Frieden bei. Mörder schickten wir ins Bergwerk, wo sie ein gutes Auskommen hatten und während der freien Stunden in der neuen Religion unterrichtet wurden. Wir mußten oft Rückschläge hinnehmen, aber der König ließ in seiner Begeisterung nie nach und tröstete uns immer mit den Worten: ›Nicht lange, und ihr werdet sehen, daß der Baum der Hoffnung voller Früchte ist.‹

Sein Glaube war tief verankert und so stark, daß er alle mitriß. Er war durch nichts zu erschüttern und verlor nie den Mut. Dieser erstaunliche König erfüllte die Stadt des Lichts mit Freude, seine Hymnen berauschten alle – Männer, Frauen, ja selbst die Vögel. Er verbrachte die Tage völlig anders, als man es von den vorhergehenden Königen gewohnt war. Er zog sich in seine Einsiedelei zurück, wo er sich ganz dem Dienst Gottes widmete, er predigte vom Balkon seines Schlosses hinunter und trug seine Hymnen im Tempel vor. Er fuhr in seiner Kutsche durch die Straßen von Achetaton, begleitet von der Königin, aber ohne Wachmannschaft. Furchtlos mischte er sich unter die Leute, riß die übliche Schranke zwischen Thron und Volk nieder. Wo immer er hinkam, rief er die Menschen auf, Gott zu dienen und in Liebe miteinander zu verkehren. Alle Beamten, ja selbst die Straßenfeger, stimmten bei der Arbeit die Hymne auf die Treue zum einzigen und alleinigen Gott an.

Eines Morgens suchte mich einer meiner Untergebenen auf und berichtete mir, daß es unter der Elite des Landes mißfälliges Gerede und Getuschel gebe. Bald stellte sich heraus, worum es ging – Bestechlichkeit unter den Beamten, Elend der Bauern, sich häufende Aufstände im Reich. Das Ungeziefer kroch aus seiner Höhle, die Fluten des Nils schwemmten Verrat an. Mein Herz war in Sorge um meinen Herrn, ich fürchtete, daß ihn Trübsal ergreifen könnte. Aber was immer auch geschah, seine Standhaftigkeit ließ in nichts nach, sein Glaube wurde immer fester, stärker als je zuvor vertraute er auf den Sieg. Unbeirrt hielt er an der Liebe fest, vielleicht sogar noch mächtiger als vorher. Es war, als hielte er die Finsternis für den Vorboten strahlender Helligkeit. An einem dieser schwarzen Tage drang im Auftrag der Priesterschaft ein Verbrecher in seine Einsiedelei, um ihn meuchlings zu morden. Zum Glück war mein Pfeil schneller, sonst hätte er es geschafft. Ich traf ihn mitten in der Brust. Erst da schreckte mein Gebieter auf. Er schaute auf den Mann, der in den letzten Zügen lag, schwieg bedrückt, und erst nach einer ganzen Weile drehte er sich zu mir um und sagte müde: ›Du hast deine Pflicht getan, Maho.‹

›Mein Leben würde ich für Euch geben!‹ rief ich erregt.

Matt wie zuvor fragte er: ›Hättest du ihn nicht lebend greifen können?‹

›Auf keinen Fall, mein Gebieter‹, erwiderte ich, und das stimmte ja auch.

Er seufzte bekümmert. ›Böse Menschen haben ein Verbrechen ausgeheckt, das der Spender des Lebens verabscheut. Auch wenn er es vereitelt hat, sind wir trotzdem dem Übel in die Falle gegangen.‹

›Für manche Verbrecher braucht man eben das Schwert‹, erklärte ich aufgeregt.

›Genau das behaupten die Bösen, immer schon, schon seit Menes die beiden Länder vereint hat. Aber haben sie damit das Übel ausgerottet?‹ spottete er. Doch plötzlich geriet er in heftige Erregung und rief: ›Wann? Wann wird es soweit sein, daß die Menschheit Ost und West in einem einzigen Licht vereint sieht?‹

Es ging bergab mit uns. Des Königs Männer entpuppten sich als seelenlose Körper, die weder Glauben noch Treue kannten und wie trockene, gelbe Blätter vom Herbstwind auf und davon geweht wurden. Bis zuletzt hielten sie an der Lüge fest und behaupteten, daß sie nur deshalb weichen würden, weil sie das Leben des Königs verteidigen wollten. Dann erteilte mir Haremhab plötzlich den Befehl, mit meinen Soldaten die Stadt zu verlassen. Ich schaffte es nicht, ihn davon abzubringen. Er erlaubte mir nicht einmal, mich von meinem Herrn zu verabschieden. So machte ich mich nach Theben auf, und mein Gewissen schien mich schier zu ersticken. Bis auf den heutigen Tag setzt die Reue mir zu. Wie alle anderen getreuen Diener wurde auch ich entlassen, also kehrte ich von Kummer beladen in mein Dorf zurück. Nur hier und da hörte ich ein paar spärliche Nachrichten über das, was in der Stadt geschah. Es hieß, daß der König in seinem Palast gefangensaß. Dann wurde bekannt, daß er an irgendeiner Krankheit gestorben sei, aber mir war auf der Stelle klar, daß man ihn meuchlings ermordet hatte. Wie konnte sich dieser wunderbare Traum so schnell in nichts auflösen? Warum hat Gott meinen Herrn verlassen, obwohl er ihn doch seine heilige, verheißungsvolle Stimme hatte hören lassen? Wie, warum, weshalb – ach, du schnöde Welt, die du nichts mehr bedeutest.«

Maho war so ergriffen, daß er nicht weitersprechen konnte. Ich achtete seine Trauer und schwieg eine Weile. Erst dann fragte ich leise: »Wenn Sie Echnaton in ganz allgemeinen Worten beschreiben sollten, was würden Sie sagen?«

Er sah mich verwirrt an. »Daß er die Güte und Reinheit in Person war, aber das habe ich doch alles schon gesagt.«

»Und Nofretete?«

»Oh, sie ist Schönheit und Glanz.«

Nach kurzem Zögern meinte ich: »Es wird viel geredet über sie.«

»Junger Mann, als ehemaliger Polizeichef kann ich Ihnen sagen, daß wir sie bei keinem einzigen Vergehen ertappt haben. Dabei konnte ich durchaus die gierigen, ekelhaft lüsternen Blicke von Haremhab, Nachet und Maj beobachten. Meines Wissens hat sie nie die Grenzen des Anstands überschritten und nie jemanden dazu ermutigt, dies zu tun.«

»Warum hat sie ihn Ihrer Meinung nach verlassen?«

Die Antwort fiel ihm schwer. »Tja, das ist tatsächlich ein Rätsel, hinter das ich bis jetzt nicht gekommen bin.«

»Ich habe den Eindruck, daß Sie an den Gott Ihres Herrn nicht mehr glauben.«

Mit finsterer Miene knurrte er: »Ich glaube an überhaupt keinen Gott mehr.«

Nachet

Er stammte aus einer alten, gediegenen Familie, war an die Vierzig, mittelgroß und hatte eine sehr helle Haut mit einem Stich ins Rötliche. Er trat mit einer Gesetztheit auf, wie ich es bei keinem anderen beobachtet hatte. Zu Echnatons Zeit war er dessen Minister gewesen, und jetzt lebte er in seinem Heimatdistrikt Dekma, in der Mitte des Deltas gelegen. Im neuen Staat hatte er keine Stellung inne, wurde aber von Zeit zu Zeit als Berater in wichtigen Angelegenheiten hinzugezogen. Nachdem er zu Anfang unserer Begegnung die guten, langjährigen Beziehungen zwischen unseren beiden Familien betont hatte, kam er auf das zu sprechen, was mich interessierte. Dabei setzte er voraus, daß mir etliches schon bekannt war.

»Lassen Sie mich Ihnen sagen, daß ich nicht sonderlich glücklich bin. Ich habe nicht vermocht, meiner Verantwortung in dem Maß nachzukommen, wie es meine Pflicht gewesen wäre. Nicht nur, daß ich den Thron nicht retten konnte, ich mußte auch zusehen, wie das Imperium zerfiel. Ich habe mich zwar aus dem offiziellen Leben zurückgezogen, aber Sorgen mache ich mir dennoch. Wann immer ich zu grübeln beginne, frage ich mich, was für ein Mensch Echnaton war. Oder sollte ich ihn so nennen, wie er heute heißt – ›der Ketzer‹?

Wie Haremhab und Bek gehöre auch ich zu seinen

Gefährten aus der Jugendzeit. Trotz allem, was man über seine Schwächlichkeit, seine weiche Art und sein befremdliches Aussehen sagen kann, hat er uns dazu gebracht, seine Klugheit zu bewundern, seine frühe Reife zu bestaunen, ja, ihn zu lieben. Leider hatte er auch einen Fehler, und wahrscheinlich war ich der erste, der ihn entdeckte. Mein Freund und Gebieter interessierte sich nicht im geringsten für das, was in der wirklichen Welt geschah. Offizielle Angelegenheiten langweilten ihn derart, daß sie ihn fast krank machten. Über den Alltag seines Vaters konnte er nur spotten, obwohl gerade die alltäglichen Gepflogenheiten die feste Grundlage bildeten, auf die sich die heiligen Traditionen des Throns stützten. Das begann mit dem morgendlichen Aufstehen zu einer ganz bestimmten Zeit und setzte sich fort mit einer genauen zeitlichen Abfolge von Bad, Frühstück, Gebet, Audienz, Tempelbesuch. Der Prinz murmelte da immer nur leise: ›Die reinste Sklaverei!‹ Er spielte mit den Traditionen wie ein verwöhntes Kind, dem es Spaß macht, kostbares Geschirr zu zerschlagen.

Andererseits hatte er einen unwiderstehlichen Drang, hinter die Geheimnisse des Seins zu kommen und Leben und Tod zu beherrschen. Als sein älterer Bruder Thutmosis starb, war er von solchen Fragen geradezu besessen. Daß der Bruder nicht mehr da war, brach ihm das Herz, um so mehr war er entschlossen, dem Tod diesen Schlag unversöhnlich zurückzugeben. Er besaß eine unglaublich draufgängerische Phantasie, das war seine Stärke. Aber gleichzeitig machte sie ihn auch, ohne daß er es merkte, zu ihrem Gefangenen. Wir alle hatten unsere Phantasien und Träume, aber wir waren uns ihrer bewußt. Er hingegen hielt das, was er sich vorstellte, für das einzig Wahre. Genau das war der Grund, warum man ihn für verrückt oder töricht hielt. O nein, er war nicht geistesgestört, er war nicht wahnsinnig, aber normal war er auch nicht. Schon als Jugendlicher gab er seinen Eltern und der Priesterschaft Anlaß zur Sorge, und uns, seine engsten Gefährten, machte er ratlos und verwirrt. Erst stellte er Amon, den Herrn aller Götter, in Frage, dann betete er Aton an, und schließlich beglückte er uns mit der Entdeckung eines einzigen und alleinigen Gottes, neben dem es keinen anderen gebe. Ich bezweifle nicht, daß er ehrlich war, aber ich habe auch nicht den mindesten Zweifel daran, daß er irrte. Ehrlich war er allein deshalb schon, weil er nie log. Dennoch hat er nicht etwa die Stimme eines Gottes gehört, denn es war die seines Herzens. Hätte ein Priester behauptet, eine göttliche Stimme gehört zu haben, wäre vielleicht nichts dagegen einzuwenden gewesen, aber beim Sohn von Amenophis dem Dritten, dem Kronprinzen, sah das etwas anders aus. Und es ging ja immer weiter mit der Stimme, er wollte den Menschen die Botschaft von Liebe, Frieden und Freude bringen und wollte alle bisherigen Götter, ihre Tempel und unser Reich abschaffen. Dann war es soweit – der Dichter wurde König, der Traum setzte sich über die Realität hinweg und trat an ihre Stelle. Das Gleichgewicht war zerstört, und die Tragödie nahm ihren Lauf.

Kaum hatte er den Thron bestiegen, rief er uns zu sich und unterbreitete uns seine neue Religion. Ich war dafür, abzulehnen, weshalb ich zu Haremhab sagte: ›Wenn er sich allein gestellt sieht, läßt er seine Idee möglicherweise fallen.‹

›Es gibt noch andere Leute als uns, Männer, denen

es nicht nur an Erfahrung, sondern auch an Anstand fehlt, und wenn er sich mit denen zusammentut, treiben sie das Land in den Ruin.‹

›Kann uns das nicht auch passieren?‹

Haremhab lachte spöttisch. ›Er ist doch viel zu schwach, um nicht auf uns zu hören.‹ Dann zuckte er mit den Schultern und murmelte: ›Ihm gehören Wörter, uns gehört die Macht.‹

Also erklärte ich, dem neuen Glauben anzugehören, und daraufhin machte er mich zum Minister. Mit der Zeit schwanden meine Befürchtungen dahin, beinahe jedenfalls. Ich traf jeden Tag mit ihm zusammen, sowohl in Theben als auch später in Achetaton, und legte ihm die verschiedenen Vorgänge auf den Tisch – Verwaltung, Finanzen, Probleme der Bewässerung, der Sicherheit. Er flüchtete sich immer in Schweigen und überließ es der Königin, ihre Meinung kundzutun und Anweisungen zu geben. Sie erwies sich als eine über alle Maßen fähige Herrscherin. Er hingegen sprach nur über seinen Gott und seine Botschaft und darüber, was auf diesem Gebiet zu tun sei.

Das erste Mal stieß ich mit ihm zusammen, als er seinen Beschluß über die Abschaffung der traditionellen Götter verkünden wollte. Ich warnte ihn vor den Folgen, woraufhin er mich der Schwäche im Glauben bezichtigte. Er zog mich hinaus auf die Terrasse, unten drängten sich dicht an dicht die Menschen. Er übte eine magische Anziehungskraft auf das Volk aus. Mit einer Kraft, die einem geradezu angst machen konnte, verkündete er seinen Beschluß, und die Massen jubelten und jauchzten. Ich hatte das Gefühl, völlig unwichtig geworden zu sein, ein Nichts sozusagen, gemessen an der Kraft, die dieser schwächliche Körper hervorzubringen vermochte und der ich ohnmächtig gegenüberstand.

Noch ein Wort zu Nofretete. Trotz ihres scharfen Verstands übernahm sie seine Botschaft mit einer Begeisterung, als wäre es ihre ureigenste Angelegenheit. Diese Frau verblüffte mich immer wieder. Ich war mir nicht sicher, ob sie tatsächlich seine geistige Partnerin war oder die schlaueste Betrügerin, die die Menschheit je erlebt hat.

Im übrigen bin ich der Meinung, daß Echnaton nur deshalb Erfolg hatte, weil sich außer mir niemand traute, ihm zu widersprechen. Haremhab machte erst den Mund auf, als die Krise ihren Höhepunkt erreicht hatte. Eje, sein Berater, ermutigte ihn ständig und tat, als verzehrte er sich vor lauter Liebe zu diesem neuen Gott. Lassen Sie mich ganz offen sagen, daß ich diesen Eje für hinterhältig und verschlagen halte. Er hatte sich einen genauen Plan ausgedacht, um schließlich selbst den Thron zu besteigen. Als er der Erzieher des Kronprinzen wurde, brauchte er nicht lange, und er fand dessen Schwachpunkte heraus. Und was tat er? Er lenkte den Prinzen zum Glauben an Aton hin, setzte ihm die Idee vom einzigen und alleinigen Gott in den Kopf und redete ihm ein, daß er und kein anderer dessen Botschaft besitze. Der nächste Schritt war, seine Tochter mit dem Prinzen zu verheiraten, obwohl er wußte, daß er einen impotenten Schwiegersohn haben würde. Seiner Tochter brachte er bei, Eifer im neuen Glauben zu zeigen. Er war nun nicht nur der Berater des Königs, berühmt geworden als ›der Weise‹, er war jetzt auch dessen Schwiegervater. Als nächstes malte er dem König aus, wie es wäre, wenn er alle anderen Götter verbieten würde. Der Schlaukopf wußte genau, daß er damit zwischen dem König einerseits und den Priestern und dem Volk andererseits Zwietracht säte. Er hoffte, daß der Konflikt heftig genug werden würde, damit der König abdanken müßte oder sogar getötet werden würde, falls dieser schwächliche Kerl nicht schon vorher gestorben war. Eje rechnete sich gute Chancen als Nachfolger für den Thron aus. Er war der Schwiegervater, er war der Weise, und er war alt. Wer immer danach gierte, einmal selbst zu regieren, brauchte nicht verzweifelt auf Ejes Tod zu warten. Vielleicht hatte dieses alte Schlitzohr sogar geplant, die eigene Tochter zu heiraten, dann hätte er die rechtmäßige Nachfolge gesichert, und sie wäre Königin geblieben. Denken Sie nur nicht, daß ich mir das alles ausgedacht habe, es gab genügend sichere Quellen, die mich informierten. Aber was immer er auch plante, es schlug fehl. Erstens, weil das Volk dem König die Treue hielt, und zweitens, weil die Priesterschaft auf dem Höhepunkt der Krise Tutenchamon für den Thron bestimmte. Allerdings bin ich überzeugt, daß der alte Eje immer noch an seinem Traum festhält.

Natürlich konnte ich mit niemandem offen reden. Mir blieb als einziges, dem König ein guter und ausdauernder Ratgeber zu sein. So sagte ich zu ihm: ›Ohne Zweifel ist Euer Gott der einzig wahre, aber Ihr tätet gut daran, den Menschen ihre Götter zu lassen. Baut Eurem Gott in jeder Provinz einen Tempel, dann wird er schließlich auch siegen. Erspart dem Land Aufruhr und Zwietracht.‹

Aber eher hätte ich die Pyramide vom Fleck bewegt als Echnaton von seiner Meinung abgebracht. Mehr als ein: ›Was seid Ihr schwach im Glauben!‹ bekam ich nicht zu hören. Trotzdem ließ ich nicht ab, das Land vor dem Verderben und das Reich vor dem Untergang bewahren zu wollen. ›Sich zu verteidigen steht nicht im Widerspruch zum Prinzip von Liebe und Frieden‹, mahnte ich ihn immer wieder.

Doch seine eifernde Begeisterung war nicht zu bremsen. ›Wartet ab, eines Tages werden sich auch die Leute von Rang und Namen dem Zauber der Liebe unterwerfen. Denn die Liebe ist mächtiger als das Schwert und der Stolz.‹

Als sich am Himmel die Wolken der Finsternis drohend häuften, setzte ich mich heimlich mit dem Hohen Priester Amons und dem Heerführer Maj zusammen. ›Wollen wir Ehre und Würde nicht verlieren, müssen wir etwas tun‹, erklärte ich. Neugierig starrten sie mich an. ›Die Priesterschaft‹, fuhr ich fort, ›sollte im Innern des Landes aufhören, Unruhen zu stiften, damit sich Maj mit der Armee ungestört in Bewegung setzen kann, um das Reich zu retten.‹

›Ich soll ohne Befehl des Pharaos losmarschieren?‹ Maj sah verwirrt aus.

›Genau‹, erwiderte ich gelassen.

›Und dann?‹ fragte der Priester.

Mir war klar, daß er von uns dreien der Stärkste war. ›Wenn Maj den Sieg errungen hat, werden wir vom König Religionsfreiheit fordern.‹

›Das ist kein kluger Plan‹, tönte der Priester. ›Wenn Maj die Armee ohne den Befehl des Königs in Gang setzt, werden die Offiziere rebellieren.‹ Er zog sein Gesicht dermaßen zusammen, daß sich sein Blut staute. ›Verehrter Nachet‹, erklärte er schließlich, ›was Ihr da vorschlagt, liegt einzig im Interesse Eures Gebieters, nicht in unserem. Offenbar habt Ihr von unserem Erfolg in den Provinzen gehört, und nun zielt Ihr darauf ab, uns von den Truppenteilen zu trennen, die treu zu uns stehen.‹

Der Hieb saß. Wütend sprang ich auf und ließ die beiden sitzen. Ich war überzeugt, daß jeder sich nur um das kümmerte, was ihn anging. Ägypten war Feiglingen in die Hände gefallen, es war verloren. Für seinen Ruin waren alle verantwortlich, sowohl die Getreuen als auch die Widersacher, und keineswegs Echnaton allein. Ihn traf wahrscheinlich noch am wenigsten Schuld, denn er hat zumindest in bester Absicht gehandelt. Aber diese hinterhältigen Kerle haben ein böses Spiel mit ihm getrieben, haben ihm irgend etwas vorgegaukelt. Zuerst wollten sie in seinem Schatten ihre maßlose Gier stillen, dann, als sein Sturz unabänderlich war, meldeten sie ihren Anspruch auf den Thron an. Echnaton war viel zu arglos und fiel auf ihre Lügen herein. Womit keiner gerechnet hatte, war die Kraft, die von seinem Glauben ausging. Er war stark genug, um die üblen Machenschaften für eine Weile auszuschalten und die Herzen mit seinem seltsamen Zauber zu erobern. Doch dann stellte sich ihm die harte, grausame Wirklichkeit in den Weg, und es kam zu dem furchtbaren Zusammenstoß, der Verwüstung, Leid und Tränen mit sich brachte. Da hatten diese gewissenlosen, habgierigen Lumpen nichts Eiligeres zu tun, als sich im letzten Moment aufs rettende Schiff zu flüchten. Es kümmerte sie nicht, daß ihr Opfer, das sie gerade noch als einmaliges Wunder gepriesen hatten, einsam und allein dem Untergang geweiht war. Bis zum Schluß konnte Echnaton nicht glauben, daß sein Gott ihn verlassen haben sollte.

Sie zogen sich die Masken vom Gesicht, allen voran Eje und Nofretete, und führte sie das Schicksal auch verschiedene Wege, hat doch keiner von ihnen seine gerechte Strafe erfahren. Die einzige Ausnahme waren der arme Ketzer und, wenn auch in geringerem Maße, Nofretete. Da hatte sie so schnell Reue geheuchelt, und trotzdem wollte die Priesterschaft nichts von ihr wissen. Ägypten aber, das für unsere Fehler büßen mußte, litt schwer an seinen schwärenden Wunden.«

Minister Nachet hielt inne, schwieg, und erst nach geraumer Zeit murmelte er bedrückt: »Das war sie – die Geschichte von Verrat, Unschuld und immerwährender Trauer.«

Banto

Er war der persönliche Arzt von Echnaton gewesen, und nun hatte er die gleiche Stellung bei Tutenchamon inne. Er war an die sechzig Jahre alt, machte einen gediegenen Eindruck, was sicher auch daran lag, daß er sehr elegant gekleidet war. Man sah ihm an, daß in seinen Adern nubisches Blut floß. Ich besuchte ihn in seinem vornehmen Palast, der mitten in Theben lag. Er reagierte bedächtig, sprach mit gedämpfter Stimme, und trotzdem strahlte er eine ungeheure Energie aus. Er lehnte sich zurück und überließ sich dem Strom der Erinnerungen.

»Was auch immer über Echnaton gesagt wird – heute ist er ja wohl eher als ›der Ketzer‹ bekannt –, erfüllt er mir, sobald ich an ihn denke, das Herz noch immer mit Liebe. Es kommt mir alles wie ein Wunder vor. Hat dieser Mann wirklich mitten unter uns gelebt? War es ihm tatsächlich nur um Liebe und sonst nichts gegangen? Wenn ja, warum hat er uns dann diese Flut von Haß und Gemeinheit hinterlassen? Lasse ich meine Gedanken zurückschweifen, fällt mir als erstes ein, daß sein Zustand schon in frühester Jugend bei allen, ob sie ihm nun nah oder fern standen, Besorgnis auslöste. Die Große Königin Teje hat mich ein ums andere Mal gefragt: ›Woran liegt es, Banto, daß er so schwächlich ist?‹

Ich kann Ihnen gar nicht sagen, in welche Verlegenheit mich diese Frage brachte. Er war nicht krank, nur eben mager und blaß und verfügte kaum über Abwehrkräfte. Sein Bruder Thutmosis war ganz anders, er sah gut aus und hatte eine kräftige Konstitution. Echnaton hingegen fand weder an sportlichen Spielen noch an gutem Essen Gefallen. Wie oft betete ich zu Thot, dem Gott der Wissenschaft, und bat ihn flehentlich, mir, seinem Diener, einen Hinweis zu geben, wie ich Echnaton stärken könnte. Aber es half alles nichts, weder der Kräutertrank, von Isis' Zauber geweiht, noch die Amulette Thots, des göttlichen Schreibers. Die Sorge um Echnaton erreichte ihren Höhepunkt, als er in der Zeit des heißen Wüstenwinds krank wurde. Er steckte sogar seinen Bruder Thutmosis an, so daß beide das Bett hüten mußten. Königin Teje bat mich zu kommen. ›Seht nur, wie gelb ihre Gesichter sind. Beide leiden unter Verstopfung.‹

Ich untersuchte sie. ›Der Körper ist heiß, der Bauch gebläht. Sie müssen etwas trinken, was die Därme entleert. Am besten ist süßes Bier, angedickt mit Mehl, das eine Nacht lang stehenbleibt. Das sollen die beiden vier Tage lang trinken.‹

Noch bevor die vier Tage verstrichen waren, starb Thutmosis. Der Kräftige schied dahin, der Schwache überlebte. Er strich durch den Palast und suchte, in Trauer aufgelöst, nach seinem Bruder. Wenn er mich bei seinem Vater zu Gesicht bekam, schaute er mich empört an und klagte: ›Ihr habt meinen Bruder sterben lassen.‹ Und einmal hat er sich sogar vorwurfsvoll an seinen Vater gewandt und gesagt: ›Wenn ich Pharao bin, werde ich den Tod töten.‹

Ich entsinne mich an ein längeres Gespräch mit ihm. Er hatte mich voll inbrünstigem Flehen gefragt, ob es denn nicht möglich sei, daß Thutmosis wenigstens für einen Tag zurückkomme.

›Dankt den Göttern‹, erwiderte ich, ›die Euch gerettet haben. Vom Tod gibt es keine Rückkehr, und sterben müssen wir alle.‹

›Aber warum?‹ entrüstete er sich.

Ich blickte ihn wohlwollend an. ›Kommt, laßt uns das Lied singen, das Ihr mit Eurem Bruder immer gesungen habt.

Die Erinnerung blieb, die Reden auch,
wohin sind die Lieben gegangen?
Kein Laut zu hören, keine Spur zu sehen,
als hätt' es sie nie gegeben.
Schöpf Freude, Herz, damit du vergißt,
denn Osiris hört keine Klagen.
Da hilft kein Weh, da hilft kein Ach,
aus dem Reich der Toten hat's keinen gebracht.‹

Der Junge trauerte unendlich lange, manchmal hatte ich das Gefühl, daß er stärker litt als seine Mutter. Einmal, als ich ihn untersuchte, fragte er: ›Was soll all die Mühe, wenn wir ja doch sterben?‹

Ich ließ mich nicht beirren, schmunzelte. Doch er blieb hartnäckig. ›Warum lächelt Ihr? Müßt Ihr nicht auch sterben?‹

Um seiner Fragerei zu entgehen, sagte ich: ›Fragt Euren Lehrer Eje.‹

Verächtlich verzog er das Gesicht. ›Der weiß auch nicht mehr als Ihr.‹

Er war ein überaus zarter Knabe, aber wenn er mit einem redete, war er von einer Tiefsinnigkeit, daß es einen aufwühlte. Ich beobachtete seine geistige Entwicklung mit scharfem Auge und konnte meine Bewunderung nicht verhehlen. In diesem Jungen, sagte ich mir, schlummert eine nicht faßbare, ungeheure und übernatürliche Begabung. Er wird für Aufregung sorgen, aber das wird ihn nicht abhalten, unbeirrt seinen Weg zu gehen. Trotz aller Schwächlichkeit strahlte er eine Energie aus, die mich verblüffte. Er schlief wenig, dafür betete er oft und lange, als wäre er ein Priester. Und er las so viel, daß man hätte glauben können, er wäre ein Gelehrter. Er wurde nie müde, einen in Gespräche zu verwickeln. Ich stellte mir die bange Frage, was das Schicksal wohl für ihn bereithalte, wenn er erst mal auf dem Thron seiner Vorfahren säße. Sein Vater schien sich mehr und mehr über ihn zu ärgern, einmal sagte er sogar mit beißendem Spott: ›Er taugt für jeden Sessel, nur nicht für den Thron.‹

Mir war des öfteren aufgefallen, daß der Junge hier und da seinen Vater mit einem abschätzigen Blick maß. Als sich die Gelegenheit ergab, sprach ich ihn darauf an. ›Ihr wißt eine Menge‹, sagte ich, ›aber die Größe und Macht Eures Vaters habt Ihr nicht begriffen.‹

Aufgebracht fuhr er mich an: ›Mir wird schlecht, wenn ich sehe, wie er beim Essen schlingt.‹

Er empfand Widerwillen, wenn sich jemand von seinen Begierden beherrschen ließ. Ich hatte immer gedacht, daß ein gesunder Körper die Grundlage für die Gesundheit von Geist und Seele ist. Er überzeugte mich davon, daß es auch umgekehrt sein kann. Waren Geist und Seele stark genug, dann spendeten sie dem schwachen Körper eine Kraft, die man nicht vermutet hätte. Einmal sagte er im Spaß zu mir: ›Ihr kümmert Euch um den Körper, als wäre der das einzig Wichtige. Dabei liegt die wahre Kraft in der Seele. Der Körper ist brüchig, schmutzig, niederträchtig. Ein Stich einer Mücke, und er bricht zusammen. Aber die Seele – die Seele ist unsterblich.‹ Plötzlich rief er, als hätte er vergessen, daß ich bei ihm saß: ›Ich weiß nicht, was ich will, aber mich treibt ein Verlangen um. Oh, was macht mich die lange Nacht traurig!‹

Er hockte oft draußen im Dunkeln und wartete auf den Sonnenaufgang. Brachen die ersten Strahlen hervor, glänzte sein Gesicht vor Freude. Schließlich kam der Tag, an dem er im ersten Morgenlicht die Stimme des einzigen und alleinigen Gottes gehört haben wollte. Von da an sollte Thebens gleichmäßig schlagendes Herz vor Angst aus dem Takt geraten. Ich wußte, daß uns kein sanftes Frühlingslüftchen ins Haus stand, sondern ein grimmiger Wintersturm.

Der König und die Königin ließen mich kommen. Die Große Königin fragte mich: ›Könnt Ihr uns nicht sagen, Banto, was es mit dieser Stimme auf sich hat?‹

›Vielleicht fällt dem Weisen Eje die Antwort leichter, Herrin.‹

›Königin Teje hat aber Euch, den Arzt, gefragt‹, fuhr der König mich unwillig an.

›Nun, ich kenne niemanden, der klarer bei Sinnen ist als Euer Sohn‹, lautete meine ehrliche Antwort.

›Dann macht er sich lustig über uns?‹

›Das glaube ich nicht, er ist ehrlich und aufrichtig.‹

›Ihr habt also auch keine Erklärung für sein seltsames Verhalten.‹

›So ist es, Herr.‹

Der König runzelte die Stirn. ›Und Ihr meint wirklich, daß sein Verstand in Ordnung ist?‹

›Auf jeden Fall.‹

›Könnte es nicht sein, daß es die Stimme einer unheilvollen Macht ist?‹

›Man müßte darauf achten, was er sagen will.‹

›Was er sagen will?‹ schrie der König wütend. ›Einen Sturm wird er auslösen!‹

Der Prinz heiratete Nofretete, und nicht nur seine Eltern, sondern wir alle schöpften neue Hoffnung. Wir glaubten, daß seine Überschwenglichkeit gedämpft werden würde, er wieder sein Gleichgewicht fände und zu einer sachlichen Haltung zurückkehrte. Aber diese Frau hatte das Zeug zu einer Priesterin, und so stürmten beide gemeinsam los, und keine Macht der Welt konnte ihnen Einhalt gebieten. Amenophis der Dritte starb, und der sendungsbewußte Prinz bestieg den Thron. Wir spürten, daß uns eine entscheidende Schlacht bevorstand, es herrschte eine nervöse, äußerst gereizte Stimmung. Wie alle anderen wurde auch ich zum jungen König gerufen. Er stellte mich vor die Wahl, mich entweder zum neuen Glauben zu bekennen oder mich aus dem Palast zu entfernen und sonstwo zu leben. Ich überlegte nicht lange und bekannte mich auf der Stelle zum einzigen und alleinigen Gott. Der Gedanke, mich von ihm, von seinem unwiderstehlichen Zauber, trennen zu müssen, war mir unerträglich. Außerdem liebte ich seinen Gott, hielt ihn insgeheim für einen Gott der Götter, so daß ich meinen alten Glauben an die alten Götter bewahren konnte. Vor allem war mir Thot, der Gott der Wissenschaft, wichtig, mit dessen Talismanen und Amuletten ich ja die Kranken behandelte.

Die Ereignisse nahmen ihren Lauf, Sie kennen das ja schon. Die neue Stadt wurde gebaut, und unter lautem Gesang hielten viele Menschen Einzug. Hingerissen lauschte der König den Hymnen, und vor lauter Glück rief er: »O du mein Gott, laß uns deine Gäste sein, laß uns leben in dieser Stadt, die kein Gebet zu einem falschen Gott besudelt hat.«

Es war eine glückliche Zeit, wir alle wünschten uns nichts sehnlicher, als immer so weiterzuleben und nie sterben zu müssen. Wenn ich morgens im Tempel weilte, verglich ich manchmal die neuen Gebete und Hymnen mit den Bräuchen der alten Götter und den Sprüchen des Totenbuchs. Da spürte ich, wie bei jedem unserer Gebete das klare Licht göttlich reiner Glückseligkeit die Seele erfüllte.

Der erste Kummer stellte sich ein, als Echnatons geliebte Tochter, die Prinzessin Maketaton, starb. Ach, wie sehr hatte er mich angefleht: ›Banto, rette sie, sie ist mein ganzes Glück!‹

Als sie den letzten Seufzer tat, brach er in Tränen aus, wie Nofretete, vielleicht noch heftiger. Er schalt mit seinem Gott, so daß schließlich der Hohe Priester Merire eingriff. ›Erzürnt nicht Gott mit Euren Tränen, Herr.‹

Aber da brach der Schmerz erst richtig hervor, vor lauter Trauer oder aus Reue, vielleicht auch wegen beidem. Nofretete schrie: ›Der Priester Amons ist schuld, sein böser Zauber!‹

Übrigens war das ihre ständige Ausrede, wenn sie wieder einmal keinen Thronprinzen, sondern nur eine Tochter zur Welt gebracht hatte. Echnaton teilte ihre Enttäuschung, war genauso bekümmert wie sie. Einmal fragte er mich, ob ich nicht irgendein Mittel wüßte, das hilft, einen Jungen zu gebären. Ich versicherte ihm, alles zu tun, was in meiner Macht stehe. Er ließ nicht locker. Ob ich denn auch meine, daß Amons Priesterschaft damit zusammenhinge, worauf ich widerwillig antwortete: ›Auszuschließen ist es nicht, Herr.‹

Er überlegte eine Weile, dann murmelte er niedergeschlagen: ›Der Sieg gehört dem einzigen und alleinigen Gott, seine Freude wird das Universum erfüllen. Wir Menschen müssen mit unseren kleinen Kümmernissen leben.‹ Sein Glaube half ihm, jedwede Trauer zu überwinden und sich ins Licht der Wahrheit zu stürzen.

Die Lage spitzte sich zu, im Land und auch außerhalb der Grenzen. Plötzlich tauchte bei mir ein Bote auf, den der Hohe Priester Amons heimlich entsandt hatte. Er solle mich an mein Gelübde als Student im Tempel Amons erinnern und mich fragen, ob man mir vertrauen und mit mir rechnen könne, wenn es darum gehe, das Land vor dem drohenden Ruin zu retten. Auf der Stelle war mir klar, was man von mir erwartete – ich, der Arzt Echnatons, sollte ihn umbringen. Mit schneidender Stimme erwiderte ich: ›Mein Beruf verbietet mir jegliche Art von Verrat.‹

Ich suchte umgehend Maho, den Polizeichef, auf und bat ihn, künftig sehr viel mehr Sorgfalt auf die Prüfung der Speisen und Getränke zu verwenden. Nun ja, die Lage besserte sich nicht, im Gegenteil, sie spitzte sich immer mehr zu.«

Der Arzt hielt inne, schwieg. Offenbar brauchte er eine Pause, um sich von den quälenden Erinnerungen zu erholen. In diesem Augenblick kam mir der Gedanke, ihn nach den widersprüchlichen Aussagen zu fragen, die ich über Echnatons intime Beziehungen gehört hatte. Wahrscheinlich würde er darüber nicht reden wollen, aber andererseits war meine Neugierde zu groß, um auf die Frage zu verzichten. Ich hatte Glück, er antwortete.

»Echnatons Körper vereinte in sich sowohl männliche als auch weibliche Eigenschaften, das sah man auch seinem Gesicht an. Aber er war fähig, als Mann zu lieben und Kinder zu zeugen.«

Es gab noch eine Frage, sie brannte mir auf der Zunge. Ich biß die Lippen zusammen, zögerte, doch schließlich nahm ich all meinen Mut zusammen. »Haben Sie gehört, was über die Beziehung zu seiner Mutter erzählt wird?«

Seine Miene verfinsterte sich. »Natürlich, genauso wie Sie. Ich halte das für reine Verleumdung.«

Er wartete kurz ab, sah noch mürrischer aus. Dann sagte er: »Das Problem ist, daß er ein ganz ungewöhnlicher Mensch war und mit seiner Größe alle und jeden übertraf. Die göttliche Herrschaft, die er verkündete, überforderte die menschliche Natur. Die Menschen kamen sich klein, nichtig, unbedeutend vor. Das stachelte sie gegen ihn auf, deshalb fielen sie mit solcher Wut über ihn her, mit geradezu tierischem Haß.«

Ermutigt durch sein freizügiges Reden, fragte ich: »Und was halten Sie von Nofretete?«

»Eine großartige, überaus fähige Königin.«

»Wie erklären Sie sich dann, daß sie sich von ihm getrennt hat?«

»Für mich gibt es nur einen Grund – sie hatte nicht genug Kraft, um all den Widrigkeiten die Stirn zu bieten, und ist zusammengebrochen. Hilflos und krank wie sie war, ist sie geflohen.«

Er schwieg bedrückt, dann fuhr er fort: »Das schreckliche Ende der Tragödie begann, als Echnatons Männer den Entschluß faßten, sich zurückzuziehen. Ich bat Haremhab, mir als seinem Leibarzt zu erlauben, bei ihm zu bleiben. Er teilte mir mit, daß die Priesterschaft ihm einen Arzt stellen würde. Das einzige, was ich durfte, war, ihn vor der Abreise noch einmal zu untersuchen.

Ich ging sofort zum Königspalast. Bloß eine Handvoll Sklaven war bei ihm, und dann gab es noch eine Wache, die seine Feinde bereits aufgestellt hatten. Ich fand ihn in seiner Klause, er betete, sang mit anrührender Stimme:

Schön bist du, und herrlich,
mit Freude erfüllst du das Herz.
Du läßt Bäume und Gräser grünen,
die Vögel fröhlich flattern,
die Lämmer springen,
Millionen Löwenjungen tollen.
Du wärmst mir das Herz,
und niemand kennt dich,
außer dein Sohn Echnaton.

Als er zu Ende gebetet hatte, sah er mich lächelnd an. Meine Augen waren feucht, ich senkte den Blick.

›Wie hast du es geschafft herzukommen, Banto?‹ fragte er mich.

›Man hat mir erlaubt, Euch vor der Abreise noch einmal zu untersuchen‹, erwiderte ich mit bebender Stimme.

›Es geht mir gut‹, sagte er ruhig.

Verzweifelt stieß ich hervor: ›Es gibt viele Getreue, die nicht weggehen wollten.‹

Wieder lächelte er. ›Ich weiß sehr wohl, wer freiwillig gegangen ist und wer gezwungen werden mußte.‹

Ich beugte mich tief hinunter, küßte seine Hand. ›Es schmerzt mich unendlich, Euch allein lassen zu müssen.‹

Er maß mich mit ruhigem Blick, dann sagte er: ›Ich bin nicht allein.‹ Als er weitersprach, klang seine Stimme kraftvoll und aufmunternd. ›Die anderen denken, daß mein Gott und ich eine Niederlage erlitten haben. Aber Gott begeht keinen Verrat, und er nimmt auch keine Niederlage hin.‹

Als ich ihn verließ, waren meine Augen von den vielen Tränen geschwollen. Ich war überzeugt, daß der Arzt, der mich ersetzen sollte, den edelsten Geist meucheln würde, der je in einem menschlichen Körper gewohnt hat. Was mich betrifft, so lebe ich seit damals völlig zurückgezogen, in selbstgewählter Einsamkeit.«

Nofretete

Ausgestattet mit der Sondererlaubnis des Führers Haremhab durfte ich Achetaton betreten. Entlang des Nils waren dicht an dicht Militärkontrollpunkte eingerichtet. Am Hafen wurde eigens für mich ein Soldat abgestellt, der mich auf meinem Weg durch den nördlichen Teil der Stadt begleitete, wo der Palast der gefangengehaltenen Königin stand. Die Erinnerung an das bisher Gehörte stürmte auf mich ein, und ich fühlte mich hin und her gerissen zwischen tiefster Trauer und überwältigtem Staunen. Schwärme von Krähen kündeten krächzend vom Untergang der Stadt. Die breiten Straßen waren haufenweise mit Sand und trockenem Laub bedeckt. Holzteile, die der Wind von Türen und Fenstern gerissen hatte, lagen herum. Die großen Portale waren geschlossen – gesenkte Lider über weinenden Augen. Da war kein Grün von Bäumen, keine Farbenpracht von Blumen. Trockene, ausgemergelte Stümpfe ragten auf wie stehende Mumien. Die Villen waren dem Verfall preisgegeben, die Mauern bröckelten. Ein schweres Schweigen lastete auf der Stadt, hielt Seufzen und Stöhnen gefangen. In der Mitte erhob sich plötzlich ein riesiger Berg von Schutt und Trümmern – die Reste vom Tempel des einzigen und alleinigen Gottes, von jenem Ort, in dessen Mauern einst die schönsten Gesänge widerhallten. Ich schritt durch Schwermut, Einsamkeit, Furcht, der kalte Atem von Haß und Rache schlug mir entgegen. Der Tod hatte Einzug gehalten.

Es war Nachmittag, als wir den äußersten Norden erreicht hatten und uns dem Palast der Königin näherten. Seine gewaltigen Ausmaße verliehen ihm einen stolzen Charakter, und der üppig blühende Garten gab ihm etwas Strahlendes. Aber die geschlossenen Fenster versetzten mich wieder in die Traurigkeit, die ich zuvor in den Straßen empfunden hatte. Ein einziges Fenster stand offen, mein Herz begann heftig zu schlagen. Es war Mitte Herbst, und der Nil führte noch immer Schlamm mit sich, der das Wasser dunkelrot aussehen ließ. Der künstlich angelegte See im Garten hatte die gleiche Färbung.

Mein Herz klopfte immer stärker. Ich näherte mich dem Ende meiner Reise, und fast schien es mir, als hätte ich mich nur wegen dieser einzigartigen Frau auf dieses abenteuerliche Unternehmen eingelassen.

Ich wurde in einen kleinen, eleganten Raum geführt. Die Wände zierten fromme Sprüche, und in der Mitte stand auf vier goldenen Löwen ein Sessel aus Ebenholz. Es gab einen zweiten Sessel, mit Armlehnen aus purem Gold. Gleich, gleich würde ich sie sehen.

Sie trat ein. Ein weißes, fließendes Gewand umspielte den schlanken, schönen Körper. Ihr stolzer, aufrechter Gang verkündete, daß die vierzig schweren Jahre sie nicht gebeugt hatten. Sie setzte sich. Mit einer leichten Bewegung der Hand bedeutete sie mir, ebenfalls Platz zu nehmen. Sie schaute mich an, ruhig, fast müde. Als erstes ließ sie ein paar Lobesworte über meinen Vater fallen, dann fragte sie mit bitterem Spott: »Na, wie finden Sie die Stadt des Lichts?«

Betört von ihrer Schönheit, hatte ich sie die ganze

Zeit angestarrt. Nun senkte ich beschämt den Blick, schwieg verlegen.

»Gut. Sie haben bestimmt schon viel über Echnaton und mich gehört, nun sollen Sie die Wahrheit erfahren. Ich wuchs auf beseelt von der Liebe zur Wahrheit und dem Drang, die Welt zu erkennen. Die Weisheit meines Vaters half mir dabei. Als ich ein Jahr alt war, starb meine Mutter, aber das war für mich kein schmerzlicher Verlust. Tij, die zweite Frau meines Vaters, hatte ein großes Herz und war mir eine warme, zartfühlende Mutter. Sie bescherte mir eine glückliche Kindheit. Auch nach der Geburt meiner Halbschwester Mutnadjmet änderte sich ihr Gefühl für mich nicht. Sie war eine kluge Frau. Zuerst fühlten wir Schwestern große Zuneigung zueinander, aber da ich viele Dinge besser beherrschte als Mutnadjmet, wurde sie eifersüchtig und neidisch. Das machte sich aber erst später bemerkbar. Tij hatte uns beide lieb, zumindest nach außen hin. Dafür war ich ihr sehr dankbar. Als ich mich dafür erkenntlich zeigen konnte, machte ich sie zur Erzieherin der Königin und verlieh ihr den Status einer Prinzessin. Eines Tages kam mein Vater in Begleitung eines Mannes nach Hause, der mit der Fähigkeit gesegnet war, in der Zukunft lesen zu können. Er prüfte die Stellung der Gestirne und erklärte: ›Diese beiden Mädchen werden den Thron Ägyptens besteigen.‹

Mein Vater fragte verblüfft: ›Wie das? Alle beide?‹

Selbstsicher und laut genug, daß wir es hören konnten, bekräftigte er: ›Alle beide.‹

Eine Zeitlang bereitete uns dieser Spruch Kopfzerbrechen, denn einerseits vertrauten wir dem Mann, andererseits war seine Voraussage einfach zu seltsam. Am Ende lachte ich und sagte: ›Wahrscheinlich sitzt erst die eine auf dem Thron und dann die andere.‹ Aus irgendeinem unerfindlichen Grund fand Tij an meinem Scherz keinen Gefallen. ›Schluß damit, überlassen wir unser Schicksal den Göttern.‹

Wir vergaßen die Weissagung, nur manchmal dachte ich noch daran. Aber dann überstürzten sich die Ereignisse, und die Voraussage des Mannes brach mit voller Wucht über uns herein. Zum ersten Mal hörte ich von Echnaton, nachdem mein Vater als sein Lehrer auserwählt worden war. Wenn wir zusammensaßen, kam er immer wieder auf die geistige Reife des Kronprinzen zu sprechen. Einmal sagte er voller Bewunderung: ›Ein ungewöhnlich interessanter Mensch ist das. Er wagt es tatsächlich, den Göttern und der Priesterschaft Fehler nachzuweisen. Er glaubt nur noch an Aton.‹

Im Unterschied zu meiner Mutter und meiner Schwester wühlten mich Vaters Worte auf. Auch ich liebte Aton, bewunderte ihn dafür, daß beides, Himmel und Erde, sein Reich war. Die anderen Götter verkrochen sich doch nur in dunklen Tempeln. Deshalb rief ich in aller Unschuld: ›Aber Vater, er hat doch durch und durch recht!‹

Meine Mutter und meine Schwester starrten mich empört an, aber mein Vater lächelte und sagte: ›Langsam, langsam, wir wollen aus dir eine Ehefrau, keine Priesterin machen.‹

Aber im Grunde war ich zur Priesterin geschaffen, auch wenn ich Mutterschaft und weltliches Glück durchaus schätzte.

Eines Tages gab es dann eine heftige Auseinandersetzung. Mein Vater war mit der Nachricht heimgekehrt, daß der Kronprinz verkündet hatte, nur noch an einen

Gott, den einzigen und alleinigen, zu glauben. Es gäbe keinen anderen Gott außer ihm. Wir waren alle aufs äußerste erregt, ja, erschüttert. Es gab bissige Bemerkungen über den Thronfolger, und meine Mutter wollte wissen, was der König und die Königin meinten.

›Es herrscht Aufruhr im Palast, so schlimm ging es dort noch nie zu.‹ Niedergeschlagen starrte er vor sich hin.

›Man wird dir Vorwürfe machen, weil du sein Lehrer bist‹, klagte meine Mutter.

›Aber sie kennen ihn doch! Sie wissen ganz genau, daß er auf nichts und niemanden hört.‹

›Er ist verrückt‹, erklärte Mutnadjmet. ›Er wird den Thron verlieren. Gibt's noch einen anderen Thronfolger?‹

›Er hat nur noch eine Schwester, die immer kränkelt.‹

Ich saß stumm da. So heftig stürmten die Gefühle auf mich ein, daß ich Angst hatte, ohnmächtig zu werden. Der Kronprinz war für mich zum mythischen Wesen einer Legende geworden, der ich nicht widerstehen konnte. Aber einen Entschluß zu fassen wagte ich nicht, also litt ich still vor mich hin.

Eines Abends belauschte ich meinen Vater, als er betete. Er sprach eine der Hymnen, die dem neuen Gott galten.

›Schön bist du, und herrlich,
mit Freude erfüllst du das Herz.
Du läßt Bäume und Gräser grünen,
die Vögel fröhlich flattern,
die Lämmer springen.‹

Ich sprach die Zeilen nach, fühlte mich wie berauscht. Immer wieder wiederholte ich die Hymne, und mein

Herz öffnete sich und labte sich an der Süße der Worte. Ich konnte mich ihrer Kraft nicht entziehen. Es war wohl mein Schicksal, wie eine Motte vom Licht angezogen zu werden und zu verbrennen. Der neue Glauben überfiel mich mit großer Kraft. Er kam daher mit den schönsten Gesängen und schenkte Zuversicht und Frieden im Übermaß. ›O du, mein einziger und alleiniger Gott‹, flüsterte ich, ›dir bin ich auf ewig verbunden.‹

Ich hielt es nicht länger aus, wollte mich meinem Vater anvertrauen. Als ich ihm die Hymne vorsang, runzelte er die Stirn. ›Woher hast du das? Lauschst du heimlich?‹

Ich ging auf die Frage nicht ein. ›Sag, Vater, was denkst du über die Stimme, die er gehört hat?‹

›Weiß ich nicht‹, erwiderte er unwillig.

Ich ließ nicht locker. ›Ob er lügt?‹

Mein Vater schwieg eine Weile, dann stieß er hervor: ›Er lügt nie.‹

›Dann müßte das mit der Stimme ja stimmen!‹

Er sah verlegen aus. ›Vielleicht war es ein Traum, was er gehört hat.‹

›Vater, ich glaube an den einzigen und alleinigen Gott.‹

Er wurde blaß und rief erschrocken: ›Hüte dich, Nofretete! Behalt dein Geheimnis für dich, bis ich es schaffe, es dir aus dem Herzen zu reißen.‹

Wie Sie wissen, wurde unsere Familie zum Thronjubiläum eingeladen. Unsere Mutter hatte nur eine Sorge im Kopf. Wir sollten die Schönsten sein, wenn die Elite des Landes versammelt ist. Aber für mich war einzig wichtig, daß mich einer sieht – er, der mich das Licht der Wahrheit erblicken ließ.

In der großen Halle begegnete ich den Menschen,

die mich später durch die Tiefen und Höhen des Lebens begleiten sollten. Haremhab zum Beispiel, und Nachet, Bek, Maj und all die anderen. Ich sah sie und sah sie auch nicht, denn mein Herz nahm nur meinen Gebieter wahr. Ich gestehe, daß mich sein Aussehen auf den ersten Anblick überraschte. Ich hatte ihn mir als Lichtgestalt vorgestellt, und nun stand ein mageres Etwas da, das kaum dazu anregte, einen träumen zu lassen. Aber die Enttäuschung war schnell überwunden, denn so traurig dieser Mensch auch aussehen mochte, schlummerte in ihm eine Seele, der sich Gott mit seiner Liebe und Botschaft zugewandt hatte. Da gelobte ich, dieser Seele auf ewig und immer die Treue zu halten.

Echnaton saß zur Rechten seines Vaters und schaute dem Treiben müde zu. Ich mußte ihn ansehen, konnte den Blick nicht von ihm wenden. Offenbar fiel mein Verhalten auf, und viele machten sich ihren Reim darauf. Ich werde nie vergessen, wie Mutnadjmet mir vor lauter Eifersucht erklärte: ›Wenn du dir ein Ziel setzt, tust du alles dafür, es zu erreichen.‹

Ach, wie sehr wünschte ich mir, daß er zu mir herschaut. Dann geschah es – wir sahen uns. Schon wollte sein Blick gelangweilt weiterschweifen, da hielt er überrascht inne. Es war, als hätte ihn etwas erstaunt, als fragte er sich, wer dieses junge Mädchen sein könne, das ihn mit solch heißem Verlangen anstarrte. Unwillkürlich schaute ich zur Königin Teje hinüber, und da bemerkte ich, daß auch sie mich ansah. Oh, wie mein Herz da klopfte, und meine Träume trugen mich hinauf, ließen mich im höchsten Himmel schweben. Aber mit dem, was dann kam, was in Wirklichkeit geschah, hatte ich nicht im geringsten gerechnet.

Als wir in unseren Palast zurückkehrten, war mir beschwingt zumute. Mutnadjmet hingegen sah ziemlich mürrisch aus. Ich ging in mein Zimmer, und wenig später kam sie und erklärte: ›Mein Eindruck stimmt.‹ Auf meinen fragenden Blick hin setzte sie hinzu: ›Er ist krank und verrückt.‹

Natürlich war mir klar, wen sie meinte. ›Du hast sein Äußeres gesehen, nicht sein Herz‹, entgegnete ich.

Am darauffolgenden Tag teilte uns mein Vater mit, daß die Große Königin mich zu sich bestellt hätte. Wir waren verwirrt, rätselten herum, was es damit auf sich haben könnte. Mein Vater meinte, daß bestimmt nichts Schlimmes dahintersteckte, während meine Mutter gleich zu schwärmen begann, daß mich die Königin vielleicht in ihr Gefolge aufnehmen wolle.

Ich ging in Begleitung meines Vaters in den Königspalast. Die Große Königin empfing mich auf der Terrasse ihres Hofgartens. Ich verneigte mich tief, und als sie mir ein Zeichen gab, setzte ich mich auf eine Polsterbank, die rechts von ihr stand.

›Du heißt Nofretete?‹ fragte sie.

Ich nickte.

›Ein trefflicher Name: die Schöne kommt.‹

Ich wurde rot vor Freude.

›Wie alt bist du?‹

›Sechzehn Jahre.‹

›Du siehst älter aus.‹ Sie lächelte verschmitzt und fragte: ›Was meinst du, warum ich dich habe rufen lassen?‹

›Es ist auf jeden Fall ein Glück, das ich nicht verdient habe.‹

Wieder lächelte sie. ›Eine gute Antwort. Hast du etwas gelernt?‹

›Ja – Lesen, Schreiben, Rechnen, Poesie, Geschichte, Religion und häusliches Wirtschaften.‹

›Was denkst du über Ägypten?‹

›Ägypten ist die Herrin der Welt, und der Pharao ist der König der Könige.‹

Interessiert beugte sie sich vor und fragte: ›Und wer ist dein Lieblingsgott?‹

Die Wahrheit wollte ich nicht sagen, also antwortete ich: ›Aton, Gebieterin.‹

›Was ist mit Amon?‹

›Nun ja, Amon hat das Reich erschaffen, aber Aton streift täglich im Reich umher.‹

›Auch wenn man für die Vorliebe des Herzens nichts kann, muß man trotzdem anerkennen, daß Amon der Gott aller Götter ist.‹

Ergeben stammelte ich: ›So ist es, Gebieterin.‹

›Laß mich ganz offen fragen – warst du schon einmal verliebt?‹

Ohne zu zögern, sagte ich: ›Nein, niemals, Gebieterin.‹

›Hat noch niemand um deine Hand angehalten?‹

›O doch, viele, aber mein Vater fand keinen, der angemessen gewesen wäre.‹

Sie sah mich forschend an, und erst nach einer Weile fragte sie: ›Was hältst du, und ich bitte dich, ehrlich zu sein, von dem, was über den Thronfolger und seine Abkehr von Amon erzählt wird?‹

Zum ersten Mal versagte mir die Zunge den Dienst, kein Wort bekam ich heraus. Die Königin wiederholte ihre Frage, aber dieses Mal mit einem befehlenden Unterton. Zum Glück verhalf mir meine Klugheit zu einer schicklichen Antwort. ›Was das Herz auch immer fühlen mag‹, erwiderte ich, ›man muß die Traditionen, die zwischen Thron und Priesterschaft bestehen, achten und pflegen.‹

Entspannt lehnte sie sich zurück. ›Das hast du gut gesagt.‹ Wieder lächelte sie verschmitzt. ›Erzähl mir, wie der Mann deiner Träume aussieht. Wie stellst du dir ihn vor?‹

Verlegen murmelte ich: ›Er sollte die körperliche Kraft eines Kriegers und die geistige Kraft eines Priesters haben.‹

Da lachte die Königin laut auf. ›Ganz schön anspruchsvoll. Wenn du wählen müßtest, wen würdest du vorziehen?‹

›Den mit der geistigen Kraft.‹

›Ach, wirklich?‹

›Gewiß, Herrin.‹

›Du bist anders als die Mädchen deines Alters.‹

›Eine Welt ohne Glauben gibt es für mich nicht.‹

›Und was ist mit dem Glauben ohne Welt?‹

Ich wich aus. ›Einen Glauben ohne Welt gibt es nicht.‹

Schweigen trat ein, und das half mir, gegen meine Aufregung anzukämpfen.

›Hast du den Kronprinzen gesehen?‹

›Ja, Gebieterin, bei der Jubiläumsfeier.‹

›Wie findest du ihn?‹

›Es ruht eine verborgene Kraft in ihm, und das unterscheidet ihn von allen anderen jungen Männern.‹

›Ich meinte – als Ehemann?‹

Das kam so überraschend, daß es mir vor Schreck die Sprache verschlug.

Die Königin wiederholte ihre Frage. Es half nichts, ich mußte antworten. Mit bebender Stimme stieß ich hervor: ›Ich weiß nicht recht, was ich sagen soll, Herrin.‹

›Hast du nie davon geträumt, Königin zu werden?‹

›Meine Träume reichen nur so weit, wie es das demütige Herz erlaubt.‹

›Reizt dich der Thron nicht?‹

›So hoch hinauf fliegen meine Träume nicht.‹

Sie schwieg kurz, dann sagte sie: ›Ich habe dich als Gattin meines Sohns erwählt.‹

Ich mußte die Augen schließen, so erregt war ich. Als ich mich wieder ein wenig erholt hatte, stammelte ich: ›Aber er kennt mich nicht, ich gehe ihn nichts an.‹

Mit Stolz in der Stimme tönte sie: ›Mir, seiner über alles geliebten Mutter, fügt er sich.‹ Etwas weicher fügte sie hinzu: ›Mir kommt es zuallererst darauf an, eine passende Gefährtin für ihn zu finden. Als ich dich sah, sagte mir mein Gefühl, daß du es sein könntest. Meinem Gefühl vertraue ich ebenso wie meinem Verstand.‹

Ich brachte kein Wort heraus.

›Königin zu sein, heißt, daß als erstes immer die Pflicht kommt. Was hältst du davon?‹

›Ich hoffe, Eure Erwartung erfüllen zu können, Herrin.‹

›Dann versprich mir‹, erklärte sie mit durchdringender Stimme, ›daß du bedingungslos zu mir hältst.‹

Ohne mir bewußt zu sein, was ich da sagte, stotterte ich: ›Das verspreche ich.‹

›Ich vertraue darauf, daß du zu deinem Wort stehst.‹

Ein warmes Gefühl von Dankbarkeit überflutete mich, lähmte mir den Verstand. Erst als es mir erlaubt war, mich zu verabschieden, und ich hinausging, dämmerte mir, daß sie mich in Ketten gelegt hatte. Eine solch mächtige Person durfte man nicht unterschätzen. Wo immer ich mich auch aufhalten mochte, sie würde mich überwachen lassen und im Auge behalten. Und dann war da noch der Kronprinz, den ich mir, mochte sein Empfinden noch so erhaben sein, als Ehemann nicht gerade wünschte. Der Preis, den ich für Glanz und Glorie zahlen sollte, war hoch.

Zu Hause schlug die Nachricht wie ein Blitz ein. Alle starrten mich ungläubig an. Natürlich konnte ich mir vorstellen, wie es im Innern von Mutnadjmet aussah, und ich ahnte auch, daß Tij die Eifersucht, die an ihrer Tochter nagte, insgeheim teilte. Aber auf jeden Fall war es eine Neuigkeit, die für alle etwas Gutes brachte. Eine Flut von Glück ergoß sich sozusagen über die ganze Familie, wenn auch in unterschiedlichem Maß. War mir der Thron verheißen, stiegen die anderen zu Mitgliedern der königlichen Familie auf. Deshalb stürzten alle zu mir und überhäuften mich mit Küssen und Glückwünschen. Mir fiel die Weissagung des alten Mannes ein, wie durch ein Wunder hatte sie sich für mich bewahrheitet. Und Mutnadjmet? Würde auch für sie das Wunder wahr werden? Mich überfiel Unruhe. Vielleicht erinnerte sie sich auch an den alten Mann und übte sich nur in Geduld, um auf ein bestimmtes Ziel hinzuarbeiten. Was soll's, dachte ich und beschloß, meinen Ängsten nicht länger nachzuhängen.

Mein Vater rief mich zu sich. ›Für deine verstorbene Mutter wird das heute ein Glückstag sein.‹

›Das hoffe ich auch‹, sagte ich traurig.

Er lächelte. ›Wie fühlst du dich?‹

›Manchmal übertrifft die Wirklichkeit alle Träume.‹

›Ein größeres Glück könnte dir nicht beschieden sein.‹

›Meinst du wirklich?‹

Zärtlich blickte er mich an. ›Der Thron bringt Ehre und Ruhm, für das Glück muß dein Herz sorgen.‹

›Wie recht du hast, Vater.‹

›Ich werde für beides beten, für deinen Erfolg und für dein Glück.‹

Für die Vorbereitung der Hochzeit ließ man sich nicht viel Zeit, alles ging ungewöhnlich schnell. Es gab ein Fest, das dem Ruhm des Königs und seiner Freude an irdischen Genüssen entsprach. Meine Mutter nahm mich schließlich an die Hand und führte mich in den goldenen Raum. Flüsternd gab sie mir noch ein paar Ratschläge, geleitete mich zu dem goldenen Bett und ging hinaus. Ich hatte ein durchsichtiges Gewand an, mein nackter Körper zeichnete sich deutlich ab. Dann ging die Tür auf, und im Schein flackernder Fackeln erschien der Kronprinz. Er legte den Umhang ab und stand plötzlich im Lendenschurz vor mir. Mit glänzenden Augen kam er auf mich zu, richtete mich im Bett auf und umschlang meine Beine. ›Du bist die Sonne meines Lebens‹, flüsterte er leidenschaftlich.

Meine Seele frohlockte, aber jeder Muskel meines Körpers verspannte und verkrampfte sich angesichts des seltsamen Anblicks, den der Prinz bot. Ungestüm redete er auf mich ein. ›Ich habe mich bei der Jubiläumsfeier in dich verliebt. Ich bin zu meiner Mutter gelaufen und habe ihr erklärt, daß ich dich heiraten will.‹ Er lachte fröhlich. ›Zuerst hat sie nein gesagt, weil in deinen Adern kein königliches Blut fließt. Aber da habe ich sie daran erinnert, daß es mit ihrem Blut auch nicht anders ist. Sie tat ein wenig empört, aber eingeladen hat sie dich trotzdem. Und dann hat sie mir ihr Einverständnis erklärt.‹

Ich war erstaunt, denn mir gegenüber hatte sie so getan, als wäre die Heirat ihr Einfall gewesen. Nur mit Mühe unterdrückte ich ein spöttisches Lächeln. Mir war klar, daß ich jetzt an der Reihe war, etwas zu sagen, und ich wollte ehrlich sein. ›Noch bevor ich dich sah, habe ich an dich und deinen Gott geglaubt.‹

›Ist das wahr?‹ rief er voller Freude. ›Dann hat Eje von mir erzählt, nicht wahr? O Nofretete, da bist du die erste, die meinen Glauben teilt.‹

Ich wollte Zeit gewinnen, deshalb sagte ich: ›Ich möchte die erste sein, die in seinem Tempel Hymnen singt.‹

›Das verspreche ich.‹ Er küßte mich und flüsterte: ›Und du mußt mir einen Erben für den Thron Gottes schenken.‹

Da schwanden plötzlich alle frommen Gefühle, und nichts blieb außer Scham und Beklommenheit.

Unser gemeinsames Leben als Eheleute und Gläubige nahm seinen Lauf. Was er mir an geistiger Nahrung zu bieten hatte, war unerschöpflich. Mein Herz war voller Licht, und von einem Tag zum anderen erwartete ich, daß sein Gott nun auch zu mir sprechen würde. Was dem einen an Auszeichnung zustand, mußte doch auch der andere erfahren. Mein Körper hingegen war starr, düsteres Schweigen hielt ihn gefangen. Als er eine Frucht trug, ging es mir gesundheitlich schlecht, und die Farbe meiner Haut veränderte sich. Das Wesen, das sich da anmeldete, setzte mir zu, entstellte meinen schönen, schlanken Körper. Was sollte ich tun? Mein Herr und Gebieter lebte nur für die Wahrheit, hatte sein ganzes Ich dem Dienst an der Wahrheit gewidmet. Um der Wahrheit willen wagte er es, sich mit jeglicher Macht anzulegen. Kein Laster haßte er so sehr wie das Lügen, niemanden verabscheute er mehr als verlogene Menschen. Was sollte ich ihm antworten, wenn er mich fragte, ob ich ihn liebe? Ihn anzulügen, dazu fehlte mir der Mut. Außerdem hatte ich bei ihm gelernt, die

Wahrheit zu lieben und die Lüge zu hassen. So legte ich mir, für den Fall, daß er mich fragte, eine mögliche Antwort zurecht. ›Die Liebe kommt, wenn es Zeit dafür ist‹, wollte ich sagen und mich dafür entschuldigen, daß ich ihm, wenn ich nicht lügen soll, anders nicht antworten kann. Natürlich barg diese Antwort die Gefahr in sich, daß ich fallengelassen wurde und nicht mehr im Licht stand. All meine Träume hätten sich dann in nichts aufgelöst. Aber eigenartigerweise stellte er mir nie diese Frage. Er blieb bei seiner Verschwommenheit, ich bei meiner Besorgnis.

Eines Tages rief mich Königin Teje zu sich. Sie betrachtete lächelnd meinen Körper und sagte: ›Du mußt gut auf dich aufpassen. In deinem Leib wächst ein neues Wesen heran, das Teil der Geschichte dieses Landes sein wird.‹ Ich hatte das Gefühl, daß sie auf die Erwartungen des Kronprinzen anspielte. Mehr als ein: ›Betet für mich, Herrin‹ bekam ich nicht heraus.

Sie blickte mich aufmunternd an. ›Du hast dein ganzes Leben noch vor dir.‹

›Das weiß ich nicht‹, stammelte ich.

›Laß dich nicht von Angst beherrschen‹, ermahnte sie mich.

›Manches liegt nicht in des Menschen Hand.‹

›Eine Königin ist nicht wie andere Menschen‹, sagte sie leise, aber mit scharfem Unterton.

O ja, sie war eine starke, kluge, fähige Frau. Alles, was mein Vater über ihre Größe berichtet hatte, stimmte. Mein Gatte liebte sie über alle Maßen, und sie betrachtete ihn als ihr Eigentum, auch nach unserer Heirat. Mir aber nahm sie jegliches Mittel aus der Hand, mich zu verteidigen. Ich schleppte noch immer ihre Ketten mit mir herum.

Die Nachrichten über den neuen Gott waren der Priesterschaft zu Ohren gekommen, die Situation begann bedrückend zu werden. In dieser Zeit konnte ich beobachten, welch ungeheure Kraft sich hinter der vermeintlichen Schwäche meines Gatten verbarg. Er war unnachgiebig in seiner geistigen Haltung, unerschütterlich in seinen Vorsätzen, trotzte standhaft und mutig allen Herausforderungen. ›Selbst wenn mich alle Steine der Pyramiden verschütten sollten, würde ich nicht von meinem Ziel ablassen‹, sagte er einmal zu mir. Seine Begeisterung riß mich mit. ›Was immer auch geschieht, ich halte zu dir‹, erklärte ich aufgewühlt.

›Unser Gott verläßt uns nicht.‹

Weder sein Vater noch seine Mutter konnten ihn von seiner Haltung abbringen. Dann kam der Tag, der wohl der wichtigste in meinem Leben war. Königin Teje ließ mich holen. Kaum war ich eingetreten, fuhr sie mich an: ›Was ist los? Hält dich deine Schwangerschaft davon ab, dich um die Sorgen Thebens zu kümmern?‹

Ich spürte sofort, daß mir eine Schlacht bevorstand.

›Thebens Sorgen sind auch meine‹, erwiderte ich.

›Schön gesagt. Kannst du nicht Einfluß auf deinen Gatten nehmen?‹

Ich nahm all meinen Mut zusammen. ›Allein Gottes Wort hat Macht.‹

Sie musterte mich mißtrauisch. ›Du siehst mir nicht gerade bekümmert oder besorgt aus.‹

Das war der Moment, die Ketten zu sprengen. ›Ich glaube an das, was mein Gatte sagt.‹ Nun wußte sie, daß meine Liebe zu Gott stärker war als der Wunsch, den Thron zu besteigen. Ich hatte es geschafft, ich war frei.

Die Königin riß die Augen auf. ›Wie? Du glaubst tatsächlich an den neuen Gott?‹

›Ja, Herrin.‹

›Das bedeutet, daß du die Götter Ägyptens verleugnest?‹

›Es gibt nur den einzigen und alleinigen Gott‹, stieß ich hervor.

In ihrer Stimme schwang Zorn mit, als sie fragte: ›Und du meinst nicht, daß die anderen das Recht haben, ihre Götter anzubeten?‹

›Damit hat mein Gatte nichts zu schaffen, er kümmert sich nicht um die anderen Götter.‹

›Aber er wird eines Tages König sein, und da muß er allen Göttern dienen!‹

›Wir dienen nur dem einzigen und alleinigen Gott.‹

Wütend sprang sie auf. ›Ahnst du nicht, welche Folgen das haben kann?‹

›Unser Gott verläßt uns nicht.‹

›Hast du mir nicht bedingungslose Treue geschworen?‹ fragte sie verbittert.

Betont sanft entgegnete ich: ›Ihr seid und bleibt meine Herrin, doch Gott ist über jeden erhaben.‹

Besorgt um mein Schicksal und mit Tränen in den Augen suchte ich meine Räume auf. Aber mein Herz schlug ruhig. Wenig später erhielt der Kronprinz den Befehl, an der Spitze einer Delegation eine Reise durch das Reich zu unternehmen. Offiziell hieß es, daß er sich mit der Lage im Reich vertraut machen solle, aber es gab auch Stimmen, die meinten, er solle gezähmt werden und von seiner Haltung abgehen. Ich spürte, daß Teje auch mich damit treffen wollte. Genau zu der Zeit, da meine Entbindung bevorstand, nahm sie mir meinen Mann weg.

Nachdem er zu seiner Reise aufgebrochen war, machte ich eine Erfahrung, die ich mir so nie hätte vorstellen können. Irgend etwas ging mit mir vor, aber was? Ich sah kein Licht mehr, die Sonne strahlte nicht, es war alles dunkel. Ich fürchtete mich, fühlte mich einsam, glaubte zu ersticken. Tij, meine Erzieherin, wich mir nicht von der Seite, aber das half auch nichts. Keine Sängerin, keine Tänzerin konnte mich aufheitern. Schwermut hielt mich gefangen, hüllte mich ein in ihr Leichentuch.

Wo immer ich ging und stand, ich vermißte meinen Mann. Jede Stunde des Tages machte mir deutlich, daß er nicht da war. Nie hätte ich gedacht, daß er einen so großen Teil meines Lebens ausmacht. Ich mußte entdecken, daß er der Quell meiner Freude und meines Glücks war, und zwar nicht nur als mein Lehrer, sondern auch als mein Ehemann und Geliebter. Ich vergoß bittere Tränen der Reue, weil ich so blind und dumm gewesen war, und voller Sehnsucht wartete ich auf seine Rückkehr, um mich ihm zu Füßen zu werfen.

Im Palast gab es Neuigkeiten, die für Abwechslung sorgten. Bei Königin Teje und mir setzten fast zur gleichen Zeit die Wehen ein. Ich brachte Meritaton zur Welt, und die Königin gebar Zwillinge – Semenchra und Tutenchamon. Als ich erfuhr, daß ich ein Mädchen geboren hatte, packte mich Verzweiflung. Meine Stellung gegenüber der starken Frau im Palast war noch schwächer geworden. Obendrein tuschelte man im Harem über mich. Der Fluch der Priester hätte mich getroffen, und deshalb würde ich nie im Leben einen Jungen zur Welt bringen.

Ungefähr zu dieser Zeit tauchte Taduchipa, die Tochter von Tuschratta, dem König von Mitanni, im

Palast auf. Amenophis der Dritte, der von ihrer Schönheit gehört hatte, gab vor, die freundschaftlichen Beziehungen zum König von Mitanni stärken zu wollen, und hielt deshalb um ihre Hand an. Die Königin kannte durchaus seine wahren Beweggründe, aber wie immer behielt ihr Verstand die Oberhand über ihr Gefühl. Mit aller Macht bekämpfte sie ihre Eifersucht und stürzte sich in die Regierungsgeschäfte.

Taduchipas Einzug in Theben war gewaltig, dreihundert Sklavinnen folgten ihr. Tij versuchte, mich mit Geschichten über die junge, hübsche Prinzessin aus meiner einsamen Trauer herauszureißen. Sie war nett genug, ihren Bericht mit dem Satz abzuschließen, daß keine, und wäre sie noch so schön, an mich, die Sonne, heranreichte.

In den Gängen des Palastes erzählte man sich voller Häme, daß der alte, schon etwas kränkliche König in seine neue Braut, die vom Alter her seine Enkelin hätte sein können, völlig vernarrt sei und in einem Meer von Glückseligkeit schwimme. Nun ja, lange war ihm das nicht vergönnt. Als ihm zu Ohren kam, was der Thronfolger auf seiner Reise durchs Reich trieb, war es aus mit Frieden und Glück. Um seinen Ärger loszuwerden, bestellte er mich zu sich. Wütend fuhr er mich an: ›So ein Narr, wie kann man so unvernünftig sein!‹

Erst jetzt fiel mir auf, wie zittrig und schwach der König war. Offensichtlich lebte er zu ausschweifend, hatte seine Wollust übertrieben.

Die Große Königin war gefaßt wie immer. ›Möglicherweise können wir unser Ansehen retten, wenn wir die Armee in die Provinzen entsenden.‹

Der König lachte höhnisch. ›Das hilft ihm auch nicht. Dieser Narr hat die Achtung verspielt, die unsere Familie seit Generationen genießt. Was wir auch tun, er wird sie nicht wieder zurückgewinnen.‹

Nach kurzem Zögern fragte ich: ›Aber könnte es nicht sein, daß er die Menschen durch die Güte seines Wesens gefangennimmt?‹

›Du bist genauso blödsinnig wie er!‹ schrie der König.

›Nun ja‹, meinte die Königin, ›es lag in deiner Hand, ihn zur Vernunft zu bringen.‹

Es fiel mir schwer, ruhig zu bleiben. ›Wie sollte ich schaffen, was Euch nicht gelang, Herrin.‹

Offenbar wollte sie mich zur Weißglut bringen.

›Du hast ihn doch ermutigt!‹

Der König ballte drohend die Faust. ›Sobald er zurückkommt, stelle ich ihn vor die Wahl – entweder er gehorcht, oder er verliert den Anspruch auf den Thron.‹

Von Trauer und Verzweiflung überwältigt, kehrte ich zurück in meine Gemächer. Aber ach, am nächsten Morgen weckte mich Tij und flüsterte mir ins Ohr: ›Der König ist gestorben.‹

Das Herz wurde mir schwer. Was, wenn der König seine Drohung noch vor seinem Tod wahrgemacht hätte? Würde Königin Teje wirklich ihren angebeteten Sohn opfern?

Als der Leichnam zur Einbalsamierungsstätte gebracht wurde, ließ mich die Königin zu sich rufen. Ihre Augen waren vom vielen Weinen rot entzündet. ›Du sollst wissen‹, sagte sie, ›daß die Priesterschaft vorgeschlagen hat, Semenchra und Tutenchamon als Könige auszurufen und mich für die nächste Zeit als Regentin einzusetzen.‹

In diesem Augenblick zweifelte ich nicht mehr daran, daß sie mich mit aller Härte bestrafen wollte. Was blieb mir übrig, als mich in mein Schicksal zu ergeben. ›Was auch immer Ihr beschließt, es ist weise. Ich bin es zufrieden.‹

Sie sah mich streng an. ›Sprichst du die Wahrheit?‹

›Bin ich zu etwas anderem fähig?‹

Sie sah mich durchdringend an. ›Die Liebe hat über die Weisheit gesiegt. Ich habe den Vorschlag der Priester abgelehnt.‹ Ich atmete tief durch, wie ein Ertrunkener, der im letzten Moment gerettet wird. Mir fehlte die Kraft zu sprechen. ›Glücklich?‹

›Ja, Herrin, sehr. Ich hasse es zu lügen.‹

›Versprichst du mir, Vernunft zu bewahren und die Traditionen zu verteidigen?‹

Ein wilder Schmerz durchfuhr mich, doch was sollte ich machen? ›Das kann ich nicht.‹

Glühender Haß sprühte aus ihren Augen, und wütend fauchte sie: ›Du verdienst wirklich Strafe! Leider auch Bewunderung. Also gut, lebt Euer Schicksal, sollen die Götter entscheiden.‹ Ein finsterer Blick, und ich war entlassen. Überglücklich lief ich zurück in meine Gemächer und überschüttete die kleine Meritaton mit Küssen.

Kurze Zeit darauf kehrte mein Liebster von seiner Reise zurück. Endlich stand er vor mir – groß und schlank und sanft wie immer. Ich stürzte zu ihm, umarmte und drückte ihn voller Liebe. Aufmerksam sah er mich an, dann sagte er freudig: ›Endlich ist die Liebe da, Nofretete.‹

Betroffen wich ich zurück und stammelte: ›Aber wieso? Ich habe dich bereits geliebt, als ich dich noch nicht gesehen hatte.‹

Er lächelte. ›Aber als deinen Mann liebst du mich erst jetzt.‹ Seine Fähigkeit, in den Herzen lesen zu können, verblüffte mich. Es war klüger, nichts zu sagen.

Vor der Beisetzung erwies er seinem toten Vater die letzte Ehre. Als er zurückkehrte, sah ich ihm an, daß er geweint hatte. Er war tief bewegt. Als wollte er sich entschuldigen, sagte er: ›Der Tod erschüttert mich immer aufs neue. Außerdem setzt mir der Gedanke zu, daß ich meinen Vater nicht in dem Maß geliebt habe, wie ich es hätte tun müssen.‹

In einer Atmosphäre von lauerndem Mißtrauen und Feindseligkeit bestiegen wir den Thron. Aber mein Liebster blieb nicht müßig, jetzt zeigte er, wieviel Kraft in ihm verborgen lag. Er begann, seinen Gefolgsleuten die neue Religion darzulegen, woraufhin sie diese als ihren Glauben akzeptierten. Ich zweifelte nicht daran, daß sie es ehrlich meinten. Erst die späteren Ereignisse zeigten mir, daß ich mich geirrt hatte. Zumindest war ihr Glaube nicht so stark, daß sie bereit waren, Opfer zu bringen. Die einzige Ausnahme war Merire, der Hohe Priester. Heute bin ich mir ganz sicher, daß Echnaton seine Männer bis auf den Grund des Herzens durchschaut hatte. Aber er hat immer daran geglaubt, daß die Liebe sie alle auf den rechten Weg bringen würde. Aus oberflächlichem Glauben würde, wenn die Zeit reif dafür sei, wahrer Glauben werden. Auch bei mir hatte er abgewartet, bis ich meine Liebe zu ihm entdeckt hatte. Aber ich möchte behaupten, daß einige Leute ihn für den Thron ungeeignet fanden, und als die Krise ihren Höhepunkt erreicht hatte, hofften sie, selbst den Thron zu besteigen. Zu ihnen gehörte Haremhab, ja sogar mein Vater. Das ist keine bloße Vermutung, sondern eine Folgerung aus dem Verhalten mancher Leute, beziehungsweise der Eindruck, den die hitzigen Gespräche während der Krise bei mir hinterlassen haben. Deshalb war ich froh, daß die Priesterschaft keinen von diesen Männern, sondern Tutenchamon als Nachfolger erwählte. Allerdings bezweifle ich, daß diese Ehrgeizlinge nicht doch immer noch hoffen, sich auf diese oder andere Weise ihren Traum zu erfüllen.

Wie schon gesagt, uns umgab zuerst eine ziemlich angespannte Atmosphäre. Aber wir waren trotzdem sehr glücklich. Meritaton begann schon zu krabbeln, und wir freuten uns auf das neue Geschöpf, das – dieses Mal ein echtes Kind der Liebe – in meinem Leib wuchs. Ich war glücklich, die einzige Frau in Echnatons Leben zu sein, und das, obwohl er gemäß der Tradition den Harem seines Vaters mitsamt der hübschen Taduchipa geerbt hatte. Einmal, ich erinnere mich noch gut daran, besuchte uns Königin Teje. Ich ahnte, daß es Ärger geben würde. Ich sollte recht behalten, denn prompt erklärte sie ihrem Sohn: ›Verehrter König, du vernachlässigst deinen Harem.‹

Oh, wie mein Mann lachte. ›Mit der Liebe geht es mir wie mit meinem Glauben – ich kenne nur eine Frau und nur einen Gott.‹

›Aber du mußt gerecht sein‹, tönte sie hoheitsvoll. ›Und vergiß nicht, daß Taduchipa, die Tochter unseres Freundes Tuschratta, allein schon zu Ehren ihres Vaters deine Fürsorge verdient.‹

Sie sah zu mir hinüber, ich wich ihrem Blick aus. Ich ärgerte mich furchtbar. Durchtrieben wie sie war, fuhr sie fort: ›Nofretete beweist uns jeden Tag aufs neue, daß sie es versteht zu regieren. Sicher stimmt sie mir auch in diesem Punkt zu.‹

Ich kochte vor Wut, und während sie fröhlich weiter über die Pflichten einer Königin redete, hielt ich es für das klügste zu schweigen.

Irgendwann konnte ich dem Verlangen, den Harem

zu besuchen, nicht mehr widerstehen. Nach außen hin war es ein offizieller Besuch, aber in Wirklichkeit ging es mir nur um Taduchipa. Ich muß zugeben, daß sie schön war, dennoch konnte das mein Selbstvertrauen nicht erschüttern. Wir wechselten ein paar Höflichkeitsfloskeln und trennten uns in offener Feindschaft. Als mein Mann und ich am nächsten Tag im Gartenhaus saßen, entfuhr mir plötzlich die Frage, was er mit dem Harem eigentlich zu tun gedenke.

›Mir liegt nichts daran‹, erwiderte er schlicht und einfach.

›Aber die Königinmutter kümmert sich nicht darum, was dir liegt oder nicht liegt‹, warf ich ein.

›Ihr geht es um die Traditionen.‹

›Im Unterschied zu dir, denn du bist der größte Feind der Traditionen.‹

Er lachte amüsiert. ›So ist es, Liebste.‹

Es muß in diesen Tagen gewesen sein, daß ich den Hohen Priester Amons traf. Mein Vater hatte die Begegnung vermittelt. Er fragte zuerst, ob ich den Grund seines Kommens ahnen würde. Ich gab eine nichtssagende Antwort, und daraufhin wurde er deutlich. ›Soll der König anbeten, wen er will, solange die anderen Götter, vor allem Amon, zu ihrem Recht kommen und man ihr Ansehen pflegt.‹

›Uns liegt nichts daran, das Ansehen eines Gottes zu schädigen‹, entgegnete ich.

›Ich würde mir wünschen, daß sich die Königin zu gegebener Zeit für uns einsetzt.‹

›Ich verspreche nur, was ich halten kann.‹

Er seufzte. ›Euer Vater hat immer zu uns gehört. Wir sind alte Freunde, und nichts kann uns trennen.‹

›Das freut mich zu hören.‹

Damit war das Gespräch beendet. Ich hatte nicht den geringsten Zweifel, daß dieser Mann fortan mein ärgster Feind sein würde.

Echnaton ging seinen Weg, widmete sich voll und ganz seiner Botschaft. Durch Liebe sollte Liebe gedeihen, Strafe und Zwang lehnte er ab, die Armen bezahlten weniger Steuern. Die Menschen glaubten allmählich, daß ein neues Zeitalter angebrochen war und alles zum Wohl Ägyptens geschah. Ich gebar meine zweite Tochter, Maketaton. Wieder einmal traf mich die bittere Enttäuschung, nicht einem Kronprinzen das Leben geschenkt zu haben. Es ging das Gerücht von einem Fluch der Priester um. Aber mein Mann liebte die Kleine vom ersten Moment an. Er tröstete mich und sagte: ›Der Junge kommt, wann er will, und nicht vorher.‹

Als der neue Tempel für unseren Gott errichtet war, eröffneten wir ihn mit einer Prozession. Aber die Priester hatten ein paar ihrer Anhänger angestiftet, entlang unseres Wegs eine Kundgebung zu veranstalten und den Namen Amons zu schreien. Diese offenkundige Provokation sorgte im Palast für Mißstimmung, und nie habe ich meinen Mann so verdrossen gesehen. Er verbrachte die Nacht auf der Terrasse, schaute auf die Stadt und sprach: ›Oh, Theben! O du Stadt des Unheils und der Bösen, Heimstatt des trügerischen Gottes und der ruchlosen Priester! Von heute an will ich mit dir nichts mehr zu schaffen haben.‹

Der einzige und alleinige Gott befahl ihm, eine neue Stadt zu errichten. An der Spitze von achtzigtausend Baumeistern und Arbeitern brach Bek auf und begann mit dem Bau. Wir mußten in Theben ausharren, und war unser Familienleben auch glücklich, herrschte draußen eine angespannte, feindselige Stimmung. Ich brachte, in demütigem Vertrauen auf Gott, den Schöpfer weiblicher und männlicher Wesen, noch zwei Mädchen zur Welt – Anhasjaton und Naferaton. Schließlich siedelten wir in die neue Stadt über. Semenchra und Tutenchamon kamen mit uns, nur die Große Königin bestand darauf, in Theben zu bleiben. Sie suchte die Nähe von Amons Priesterschaft, um zu verhindern, daß auch noch das letzte Band zwischen Thron und Tempel zerschnitten wird.

Als wir in Achetaton, der Stadt des Lichts, ankamen, war ich angesichts der einzigartigen Baukunst von Freude überwältigt. Wie ein Kind jubelte ich laut: ›So etwas Schönes gab's noch nie! O du mein Gott, wie herrlich ist dein Geist, der uns beseelt.‹

Die Stadt wurde mit einer Andacht im Tempel eingeweiht. Wir sangen das Lob Gottes, und nie hatten die Stimmen schöner geklungen. Der König hielt seine erste große Ansprache und setzte Merire als Hohen Priester ein. Der Strom des Lebens floß segensreich dahin, brachte uns Glück und Erfolg zuhauf.

Eines Tages aber kehrte der König mit ernster und entschlossener Miene aus seiner Einsiedelei zurück und erklärte: ›Mein Gott hat mir befohlen, daß das Land fortan nur ihn anbeten darf.‹

Mir war sofort bewußt, wie gefährlich dieser Befehl war. ›Und die anderen Götter?‹ fragte ich bang.

Seine Augen funkelten. ›Ich werde den Befehl erlassen, alle anderen Tempel zu schließen und ihr Hab und Gut zu beschlagnahmen.‹ Da ich schwieg, sagte er: ›Du siehst nicht sonderlich glücklich aus, Nofretete.‹

›Damit forderst du die gesamte Priesterschaft heraus‹, entfuhr es mir hastig.

Er lächelte gelassen. ›Dafür habe ich sowohl die Kraft als auch die Macht.‹

Nach kurzem Zögern gab ich zu bedenken: ›Wirst du nicht Gewalt einsetzen müssen? Du, der Mann der Liebe und des Friedens?‹

›Gewalt? Solange ich lebe, werde ich nie zu Gewalt greifen.‹

›Und wenn sie Widerstand leisten?‹

›Das Vermögen der Stiftungen werde ich an die Armen verteilen. Ich werde niemanden bedrohen, sondern lediglich mein Volk dazu aufrufen, den einzigen und alleinigen Gott zu verehren und die Tempel der Götzen nicht mehr aufzusuchen.‹

Da fiel alle Besorgnis von mir ab. Ich küßte ihn und flüsterte zärtlich: ›Ja, es ist wahr, dein Gott wird dich nie verlassen.‹

Gesagt, getan, der Befehl wurde erlassen. Was dann geschah, hätte ich nie und nimmer erwartet – er wurde, dank Gottes Gnade und der Macht des Throns, in aller Ruhe ausgeführt. Unser Vertrauen, unser Gefühl von Sicherheit stieg unermeßlich. Bei unseren nachmittäglichen Ausfahrten in der königlichen Kutsche begleitete uns keine Wache, begeisterte Menschen säumten die Straßen. Wir spazierten unter Palmen, Weiden und Eichen. Wir machten Schluß mit dem Wahn, daß Thron und Volk unüberwindbar getrennt seien. Die meisten Menschen kannten wir sogar persönlich, wußten ihre Namen und was sie für einen Beruf ausübten. Wo früher Angst und Schrecken geherrscht hatten, verband die Menschen nur noch die Liebe. Wo immer man auch hinkam, erklangen die schönsten Hymnen. Mein Vater sorgte sich, daß das würdige Ansehen des Königs Schaden nehmen könnte, aber ich lachte darüber. ›Vater‹, sagte ich, ›wir leben in der Wahrheit.‹

Wir gingen auf Reisen, riefen die Menschen auf, sich zum einzigen und alleinigen Gott zu bekennen. Nicht nur unsere Freunde, auch unsere Feinde waren erstaunt, wie leicht uns der Erfolg zufiel. Ja, wir eilten von Sieg zu Sieg. Es kümmerte uns wenig, was uns Maho, der Polizeichef, über die heimlichen Machenschaften der Priester berichtete: Sie würden unermüdlich hetzen und die Leute gegen uns aufwiegeln.

Daß der König nur für die heilige Sache lebte, daran hatten sich die Menschen gewöhnt. Aber ich verwirrte sie, für viele war ich ein Rätsel, das sie nicht lösen konnten. Sie konnten es nicht fassen, daß ich einerseits voller Eifer den König in seinem heiligen Werk unterstützte, andererseits aber auch die Übersicht über alle administrativen und finanziellen Angelegenheiten behielt. Offenbar haben sie nie wirklich geglaubt, daß ich eine ebenso eifrige und begeisterte Verkünderin des neuen Glaubens war wie er. Aber genau das war ich – ich teilte seinen Grundsatz, mit der Wahrheit zu leben, und traute jedem seiner Worte. Denn eins wußte ich – er log nie. Einmal, wir erlebten gerade den Höhepunkt unseres Triumphs, sagte er zu mir: ›Sind die Seelen der Menschen erst vom Schmutz gereinigt, werden sie alle in den Genuß kommen, die göttliche Stimme zu hören und in der Wahrheit zu leben.‹

Das war sein Traum. Alle Menschen sollten in der Wahrheit leben.

Als wir von einer unserer erfolgreichen Reisen zurückkehrten, fanden wir unsere Tochter Maketaton krank darniederliegen. Es stand schlecht um sie, ihr Gesicht kam uns fremd vor. Echnaton fiel auf die Knie und begann zu beten. Ich zog mich mit dem Arzt in einen Winkel des Raums zurück und klagte: ›Banto, sie wird sterben.‹

›Ich habe alles getan, was in meiner Macht steht.‹

Mich packte die Wut. ›Die Priester sind schuld, sie wollen ihm das Liebste rauben!‹ Ich hielt inne, lauschte auf Echnatons inbrünstiges Flüstern: ›O du mein Gott, suche mich nicht heim mit ihrem Tod. Ich liebe sie, ohne sie kann ich die Welt nicht ertragen. Sie ist so klug für ihr Alter, und ich weiß, daß sie ihr Leben einzig dem Dienst an dir, mein Gott, widmen wird.‹

Aber ihre Seele entzog sich unserer liebenden Hand, schlich sachte davon, schwang sich hinauf zum Sternenzelt. Schluchzend beugten wir uns über den kleinen Körper und überließen uns laut klagend dem reißenden Strom der Trauer. Echnaton barmte und rief: ›Warum, mein Gott, warum? Warum stellst du meinen Glauben so hart auf die Probe? Warum zeigst du mir auf solch grausame Weise, daß ich noch weit entfernt bin, dich zu kennen? Warum behandelst du mich mit dieser Strenge, da du der Barmherzige bist? Mit solcher Kälte, da du die Liebe selber bist? Mit solchem Zorn, da ich dir doch in allem folge? Mit solcher Finsternis, da du doch das Licht bist? Warum gabst du ihr solche Schönheit und solche Klugheit? Warum hast du uns sie so lieben lassen? Warum hast du uns sie für den Dienst an dir erziehen lassen und uns sie dann genommen? Warum, mein Gott, warum?‹

Unsere Trauer wollte nicht enden. Erst, als das Land und das Imperium mit großem Leid überzogen wurden, wachten wir auf. Wahrscheinlich sind die Menschen am elendesten dran, deren Schmerz von einem noch stärkeren überflutet wird. Wir setzten uns mit Minister Nachet zusammen, der uns die Lage in ihrem ganzen Ausmaß schilderte. Ich leugne nicht, daß mein starker Wille von Schwermut überschattet war und Angst und Unruhe mich gefangenhielten. Mein Gatte hingegen hielt dem Sturm mit einer Kraft stand, als wäre er die größte aller Pyramiden. Mit unerschütterlichem Vertrauen sagte er ein ums andere Mal: ›Gott verläßt mich nicht. Keinen Fingerbreit weiche ich vom Pfad der Liebe ab.‹

Seine unglaubliche Kraft gab mir Mut. Ich lebte wieder auf und bekämpfte all meine Ängste und Zweifel. Ich bereute meine momentane Schwäche.

Als die Lage immer schlechter wurde, kam Königin Teje nach Achetaton. Zuerst empfing sie in ihrem Palast im Süden der Stadt die Gefolgsleute des Königs, dann suchte sie uns auf. Mit den Worten: ›Der Himmel ist schwarz vor Wolken‹ begann sie das Gespräch. Hochmütig sah sie von einem zum anderen, dann sagte sie: ›Ich habe deinen Männern das Versprechen abgenommen, dir, was auch immer geschehen mag, treu zu dienen.‹

›Hattet Ihr daran Zweifel?‹ fragte ich.

›In Zeiten der Prüfung sollte man sich besser überzeugen.‹

›Gott kümmert sich nicht um Prüfungen‹, erklärte Echnaton trotzig.

›Nur daß das Land in Kürze einen Krieg erleben wird‹, fuhr sie ihn scharf an.

›Gott verläßt uns nicht.‹

›Mein lieber Sohn, ich maße mir nicht das Recht an, im Namen der Götter zu sprechen. Dafür sind sie zu groß und ich zu klein. Aber zumindest weiß ich, was in der wirklichen Welt der Menschen geschieht.‹

›Ach, Mutter, du hast eben keinen Glauben.‹

›Erzähl mir jetzt nichts über göttliche Geheimnisse! Sprich als König zu mir, und hör auf das, was ich als Königin zu sagen habe. Handle, bevor es zu spät ist. Du hast eine Armee, also setz sie unter Führung von Maj in Bewegung, um die Grenzen zu sichern. Du verfügst über einen Polizeiapparat, also gib den Befehl, daß man alle zersetzenden Kräfte dingfest macht. Mach schnell, sonst stürzt dir der Thron zusammen!‹

Echnaton sah sie empört an. ›Nie werde ich befehlen, auch nur einen einzigen Tropfen Blut zu vergießen.‹

›Laß es nicht so weit kommen, daß ich bereue, dir den Thron anvertraut zu haben.‹

›Vergiß den Thron!‹ rief er. ›Für mich ist er nur ein Mittel, um Gott zu dienen.‹

Königin Teje sah mich an. ›Rede du mit ihm. Vielleicht fiel damals meine Wahl nur wegen dieses Augenblicks auf dich.‹

Beflügelt vom Eifer meines Gatten, erklärte ich: ›Gott wird uns nicht verlassen, Königinmutter.‹

Ihr runzliges Gesicht verfinsterte sich. ›Der Wahnsinn hat obsiegt, nun muß das Schicksal seinen Lauf nehmen.‹

Traurig und krank verließ Königin Teje Achetaton. Viel Zeit war ihr in Theben nicht mehr vergönnt, denn nach wenigen Tagen verstarb sie mit gebrochenem Herzen. Kurz darauf baten mein Vater, Nachet und Haremhab um ein Gespräch, wir empfingen sie sofort. Echnaton schaute ihre Gesichter an, lächelte und sagte: ›Ihr bringt nichts Gutes.‹

›Unsere Treue zu Thron, Heimat und Imperium hat uns veranlaßt zu kommen‹, erklärte mein Vater.

›Und was ist mit Eurem Glauben an den Schöpfer aller Dinge?‹

›Wir glauben noch immer an ihn, aber wir sind auch für das irdische Leben verantwortlich, Herr.‹

›Eine Verantwortlichkeit, die nicht dem Glauben entspringt, hat keinen Wert.‹

An dieser Stelle griff Nachet ein. ›Herr, der Feind ist tief ins Imperium eingedrungen, die Provinzen befinden sich im Aufruhr. Achetaton ist umzingelt.‹

›So wie Gott mich nicht verläßt, kann ich seine Botschaft nicht aufgeben‹, sprach Echnaton.

›Uns wird ein Krieg aufgezwungen!‹ rief Haremhab erregt.

›Krieg gibt es nicht.‹

›Sollen wir abwarten, bis wir wie Schafe abgeschlachtet werden?‹

›Ich werde dem Angreifer ohne Waffen entgegentreten.‹

›Nun gut‹, sagte Haremhab trotzig, ›dann wird man erst Euch und dann uns töten. Herr, wenn Ihr Euch dermaßen auf Eure Religion versteift, dann verzichtet auf den Thron und widmet Euch nur Eurem Glauben!‹

›Den Thron Gottes aufzugeben, hieße Verrat.‹ Er schaute einen nach dem anderen an und sagte feierlich: ›Ich entbinde Euch von Eurem Treueschwur.‹

›Wir lassen Euch Zeit, überdenkt alles noch einmal‹, erwiderte Haremhab.

Die Männer gingen hinaus, ihre letzte Warnung stand mahnend im Raum. Nie hätte ich mir vorstellen können, daß ein Pharao so gedemütigt werden könnte. Völlig verwirrt fragte ich mich, wie lange Gott uns noch auf den Sieg warten lassen wollte. Ich bewunderte Echnatons tiefen Glauben und war überzeugt, daß ich ihm darin nicht nachstehen würde.

Dann kam Haremhab zu mir, er wollte mich allein

sprechen. ›Tut etwas, Herrin!‹ flehte er mich an. ›Tut alles, was in Eurer Macht steht. Er wird den Tod finden, wenn er auf seinem Standpunkt beharrt. Es könnte sogar sein, daß einer seiner eigenen Männer ihn tötet. Ihr müßt etwas unternehmen, solange noch Zeit dazu ist.‹

Ich sah dunkle Gestalten auf mich zukommen, erst die Niederlage, dann den Tod. Schwäche kroch mich an, Zweifel schlich sich ein. Eine quälende Hilflosigkeit lähmte mich – wie sollte ich es schaffen, meinen Liebsten vor dem Tod zu retten? Da kam mir ein Gedanke. Wenn ich ihn verlassen würde, könnte es dann nicht sein, daß seine Zuversicht erschüttert wird? Würde er sich vielleicht dann seinen Männern fügen und auf den Thron verzichten? Sicher, er würde meinen, ich hätte wie alle anderen Verrat an ihm geübt – aber was sollte ich sonst tun? Ich wagte den Schritt, ich verließ meinen geliebten Mann. Schluchzend und mit blutendem Herzen suchte ich Zuflucht in meinem Palast im Norden Achetatons.

Mutnadjmet kam und berichtete mir, daß der König noch immer Widerstand leistete. Seine Männer sähen nur eine Lösung, nämlich die Stadt zu räumen und einem neuen Pharao den Treueschwur zu leisten. Nur so könne ein Krieg noch verhindert werden.

Hinterhältig wie Mutnadjmet schon immer war, fragte sie mich, wann ich nach Theben aufbrechen würde. Ich ahnte, worauf sie hinauswollte. ›Mein Teil der Weissagung hat sich bewahrheitet, nun ist der zweite Teil dran. Also zieh in Frieden nach Theben, ich bleibe bei meinem Mann und meinem Gott.‹

Es kamen schwere Tage auf mich zu, ich stürzte in tiefste Verzweiflung und Schwermut. Alle Erinnerung an ehemals glückliche Stunden war wie weggeschwemmt, und mir schien, daß ich überhaupt nie glücklich gewesen war. Klein und verzagt hockte ich in meinem Schneckenhaus, vom Gefühl, gefrevelt zu haben, eingeschlossen. Vom Fenster aus beobachtete ich die Stadt des Lichts. Ich sah, wie die Menschen eilends flüchteten, um dem Fluch zu entkommen. Ich hörte ihr Heulen und Brüllen, das Schreien der Kinder, das Bellen der Hunde. Ganze Kolonnen brachen auf, endlose Ströme zogen dahin, manche in Richtung Nil, andere nach Norden oder Süden, nur mit dem Notwendigsten beladen, doch selbst dieses wenige war sicher eine Erinnerung an glückliche Zeiten. Fenster und Türen wurden geschlossen, und schließlich folgte mein Blick dem letzten Menschen. Die Stadt war leer. Trostlosigkeit senkte sich herab, zog in Straßen, Häuser, Gärten ein, umschlang Bäume und Blumen. Die Vorboten von Niedergang und Verfall kreisten in der Luft, kündeten höhnisch von ihrem Triumph. Da brach mir das Herz, und ich schrie: »O Achetaton! Du meine Stadt des Lichts, du meine Stadt mörderischer Einsamkeit! Glück hast du uns versprochen, doch wo sind die Hymnen geblieben? Wo der Sieg, wo die Liebe? Wo die Küsse? Und wo – wo bist du, der einzige und alleinige Gott? Warum hast du deine Getreuen verlassen?‹

Die Stadt lag in den letzten Zügen, Stunde um Stunde konnte ich sehen, wie sie starb. Nur zwei Menschen beherbergte sie noch, zwei Gefangene – meinen Liebsten und mich. Was ging in seinem Kopf vor? Was dachte er von mir? Hielt er noch immer an seinem Glauben fest?

Ich faßte den Entschluß, ihn aufzusuchen. Ich wollte, daß wir zusammen die Abrechnung machten und zahlten, was zu zahlen war. Aber ich durfte den Palast nicht verlassen, nicht einmal schreiben durfte ich ihm. Nichts anderes war mir mehr vergönnt, als in diesem Gefängnis auf den Tod zu warten. Es war das Schicksal, das auch meinem Geliebten, meinem König vorgezeichnet war.

Ich bat darum, Gesuche an den neuen König oder an meinen Vater oder an Haremhab schicken zu dürfen, aber die entschiedene Antwort lautete, daß es mir verboten sei, mit der Außenwelt in Verbindung zu treten. Es gab keine Hoffnung mehr, und so harrte ich traurig und einsam aus. Ich kümmerte mich nicht mehr darum, was für ein Tag oder wie spät es war. Das einzige, was ich unaufhörlich tat, war beten. Ich sprach ein Gebet nach dem anderen, ertrank geradezu darin, und so kam es, daß ich trotz allem, was geschehen war, zum Glauben an Gott zurückfand. Tief im Innern war ich sogar überzeugt, daß der Sieg letztendlich Gott gehört, auch wenn vielleicht viel Zeit verstreichen wird. Und wann immer ich an meinen Liebsten dachte, konnte und wollte ich nicht glauben, daß dieser Mensch, den ich besser als jeden anderen kannte, in seinem Glauben schwach geworden war. Nein, er würde weder verzweifeln noch die Flucht antreten oder gar das Vertrauen zu Gott verlieren, denn gerade ihn hatte doch Gott mit dem Geschenk der Zwiesprache ausgezeichnet. Er hatte viel verloren – den Thron, seine Gefolgsleute, den irdischen Ruhm. Trotzdem würde er immer in der Wahrheit leben, den Blick auf die Ewigkeit gerichtet, um eines Tags glücklich vor Gott zu stehen, dort, wo es keine Einsamkeit gab und keine Verzweiflung, wo einzig Güte, Versöhnung, Liebe herrschten.

Deshalb konnte ich auch nicht glauben, was mir der Führer der Wache mitteilte. Barsch wie immer erklärte er: ›Ich habe den Auftrag, Euch mitzuteilen, daß der Ketzerkönig nach längerer Krankheit verstorben ist. Eine königliche Kommission wird sich gemäß des pharaonischen Protokolls um die Balsamierung und Beisetzung kümmern.‹

Ich glaubte ihm kein Wort. Nein, mein Liebster war an keiner Krankheit gestorben, eher hatten ihn seine Gegner meuchlings gemordet, um sich ihres vermeintlichen Siegs sicher zu sein. Er hatte die gottlose Welt verlassen, um ins ewige Leben, in die Unsterblichkeit einzugehen. Dorthin werde ich ihm folgen, wenn es soweit ist, und er wird sich von meiner Unschuld überzeugen, mir vergeben und mich an seiner Seite auf dem Thron der Wahrheit sitzen lassen.«

Nofretetes süße Stimme verstummte, ruhte sich aus nach all der Anstrengung. Stille trat ein, und war ihr Schweigen auch von Trauer erfüllt, sprach es doch von königlicher Erhabenheit, von der Gefaßtheit, allen Heimsuchungen in Würde zu widerstehen. Ich verabschiedete mich mit größter Hochachtung. Es fiel mir schwer, mich vom Zauber ihrer Schönheit und ihren fesselnden Erinnerungen loszureißen.

Zurückgekehrt nach Sais, schloß mich mein Vater überglücklich in die Arme. Er hatte voller Sehnsucht auf mich gewartet. Dann ging das Fragen und Erzählen los, tagelang saßen wir beisammen. Ich berichtete ihm alles – fast alles. Zwei Dinge verheimlichte ich ihm: meine wachsende Leidenschaft für die Hymnen und meine tiefe Liebe zu dieser wunderschönen Frau.

Anmerkungen

In Klammern werden andere mögliche Schreibweisen angegeben.

Achetaton (Achet-Aton): von Echnaton neu gegründete und dem Aton geweihte Hauptstadt; heute: Tell el-Amarna (Mittelägypten). Die Kunst der »Amarna-Zeit« unterschied sich durch eine neue Empfindsamkeit, individualisierte Körperlichkeit und Rationalität stark von der bisherigen Kunsttradition.

Ahmose (Amosis): wahrscheinlich 1551–1527 v. Chr., König, beendete den Befreiungskampf gegen die Hyksos. Mit ihm beginnt das Neue Reich (18. Dynastie).

Amenophis der Zweite (Amenhotep): wahrscheinlich 1438–1412 v. Chr., König.

Amenophis der Dritte (Amenhotep): wahrscheinlich 1402–1364 v. Chr., König. Erbaute den Tempel von Luxor.

Amenophis der Vierte (Amenhotep): wahrscheinlich 1364–1347 v. Chr., König, legte sich den Namen Echnaton zu – »der dem Aton wohlgefällig ist«. Fügte seinem Namen immer die Worte zu: »Der von (in) der Wahrheit lebt«.

Amon (Amun, Ammon): Gott des Windes, der Luft, daher: der »Verborgene«, der »Unsichtbare«. Nachdem die 11. Dynastie ihn nach Theben gebracht hatte, wurde er mit dem Aufstieg der Stadt zum König der Götter.

Aton: Gott der Sonne, als Sonnenscheibe dargestellt, von Echnaton als einziger Gott verehrt.

Bek: Baumeister und Oberbildhauer unter Echnaton.

Echnaton: siehe Amenophis der Vierte.

Eje: Erzieher Echnatons, wahrscheinlich 1336–1332 v. Chr., übernahm nach Tutenchamon den Thron.

Haremhab (Haremheb, Haremhep, Harmais): Offizier unter Echnaton, wahrscheinlich 1332–1305 v. Chr., übernahm nach Eje den Thron, legte durch drastische Reformen und geschickte Außenpolitik die Grundlage für den Wiederaufbau des Reichs.

Hatschepsut: Königin, wahrscheinlich 1490–1470 v. Chr.

Hyksos (Heka-Chasut): asiatische Eroberer, die Ägypten um 1650 v. Chr. eroberten und bis etwa 1550 v. Chr. beherrschten.

Isis (Ese): Göttin, Schwester und Gemahlin des Osiris, den sie nach seinem Tod durch Zaubersprüche wieder lebendig und dadurch zum Herrscher der Unterwelt machte.

Krone der beiden Länder: gemeint sind Ober- und Unterägypten.

Maj (Mai): Führer des königlichen Heeres unter Echnaton.

Maketaton (Maket-Aton): zweite Tochter Echnatons.

Memphis: altägyptische Stadt am linken Nilufer, oberhalb Kairos, bevorzugte Residenz der Pharaonen im Alten Reich und auch zeitweilig im Mittleren und Neuen Reich.

Menes (Menej): König, mit dem die erste Dynastie angesetzt wird und der wahrscheinlich 3400 v. Chr. Ober- und Unterägypten vereinigt hat.

Merire: Hoher Priester unter Echnaton.

Meritaton (Merit-Aton): älteste Tochter von Echnaton, deren Ehemann Semenechkare (s. Semenchra) Echnaton kurz vor Ende seiner Herrschaft zum Mitregenten macht.

Mitanni: Staat in Mesopotamien im 15.–14.Jh. v. Chr.

Mutnadjmet (Mutnedjmet): wahrscheinlich Schwester von Nofretete, möglicherweise verheiratet mit Haremhab.

Nofretete (Nefertiti, Nefertari): Gattin von Echnaton.

Osiris: Gott, trat um 2450 v. Chr. als König des Totenreichs in den Vordergrund des Totenglaubens.

Semenchra (Semenechkare, Semen-ka-Re, Sakere): wahrscheinlich der Schwiegersohn von Echnaton, den dieser zum Mitregenten machte, und nicht, wie Nagib Machfus schreibt, der Bruder.

Liebe Leserin, Lieber Leser!

Wir würden gerne Ihre Meinung über dieses Buch erfahren, denn sie hilft uns bei der Verbesserung unserer Arbeit. Dürfen wir Sie bitten, die folgenden Fragen zu beantworten? Gerne senden wir Ihnen auch unser kostenloses Verzeichnis (siehe Rückseite). Vielen Dank.

1. Welchem Buch haben Sie diese Karte entnommen?

2. Was hat Ihnen an diesem Buch gefallen? Was nicht?

Meine Anschrift:

Name: Vorname:

Ort:

Seth (Setech, Sutech): Gott der Wüste und der Dürre, im Mythos Mörder seines Bruders Osiris und damit Verkörperung des Bösen.

Taduchipa (Taduchepa): Tochter von Tuschratta, dem König von Mitanni, die Amenophis der Dritte wahrscheinlich zwei Jahre vor seinem Tod heiratete.

Teje: Gattin von Amenophis dem Dritten, die er trotz ihrer einfachen Herkunft zur »Großen Königlichen Gemahlin« machte.

Theben (Weset, Nut, No, Diospolis magna): Stadt in Oberägypten, die seit der 11. Dynastie an Bedeutung gewann und unter der 18. Dynastie Hauptstadt des Reichs wurde. Am Ostufer des Nils entwickelte sich Theben als die Weltstadt mit Palästen der Könige und den Hauptheiligtümern (Karnak/Luxor), am Westufer lag die Totenstadt. 663 v. Chr. wurde Theben zerstört.

Thot: Gott des Mondes, der Schreibkunst und der Wissenschaft.

Thutmosis der Dritte (Thutmosis): wahrscheinlich 1490–1436 v. Chr., zunächst Mitregent seiner Stiefmutter und seiner Tante Hatschepsut. In dieser Zeit erreichte Ägypten die größte territoriale Ausdehnung und wurde zur Weltmacht.

Tuschratta: König von Mitanni, gestorben wahrscheinlich 1355 v. Chr.

Tutenchamon (Tut-anch-Amun, Tut-anch-Aton): wahrscheinlich 1447–1339 v. Chr., König der 18. Dynastie. Verheiratet mit einer Tochter Echnatons. Unter seiner Regierung wurde Echnatons Religion aufgehoben und Theben wieder Hauptstadt. 1922 fand man sein bis dahin unberührtes Grab, das reiche Schätze enthielt.

Nagib Machfus im Unionsverlag

Die Nacht der Tausend Nächte
Am Morgen der Tausendundersten Nacht übernimmt Machfus von Schehrezad den Erzählfaden und spinnt ihn weiter: von einem grüblerischen Sultan, vom Widerwillen Schehrezads vor ihrem blutbefleckten Gatten. Von Geistern und Dämonen, die mit den Menschen spielen und sie auf die Probe stellen. Vom Schneider Maruf, der Wunder vollbringt und gar nicht weiß, warum, und von Sindbad, der im Kaffeehaus seine Abenteuer erzählt.

Ehrenwerter Herr
Osman will Ministerialdirektor werden. Opfer müssen erbracht werden. Freundschaften, Herzensangelegenheiten und Verlockungen des Fleisches dürfen dem Aufstieg nicht im Wege stehen. Nur wenig Zeit ist dem Menschen geschenkt, das große Ziel erfordert einen unerbittlichen Plan.

Das Lied der Bettler
In einem Fresko von unzähligen Schicksalen entfaltet Nagib Machfus die Legende von Aschur an-Nagi, dem »Auserwählten«, und seinem Viertel in der Altstadt von Kairo.

Zwischen den Palästen – Kairoer Trilogie I
Über drei Generationen wird das Leben einer Kairoer Kaufmannsfamilie verfolgt und zu einem opulenten Gemälde ägyptischen Lebens verdichtet.

Palast der Sehnsucht – Kairoer Trilogie II
Kamal bekommt die Härten des Erwachsenwerdens deutlich zu spüren, während sein Bruder Jasin und der Vater um die Liebe derselben jungen Lautenspielerin buhlen. Aber Zanuba, diese betörende Frau, läßt nicht mit sich spielen.

Zuckergäßchen – Kairoer Trilogie III
Der zweite Weltkrieg erreicht Ägypten: Luftangriffe auf Kairo! Der Riß, der durchs Land geht, bricht auch in der Familie des gealterten Abd al-Gawwad auf.

Nagib Machfus im Unionsverlag

Die Moschee in der Gasse
Die Erzählungen in dieser Anthologie öffnen ein ganzes Universum von Schicksalen und Stimmungen. Machfus führt uns auf Schrottplätze und in die Pyramiden der Bürokratie.

Die Spur
Die Suche nach dem unbekannten Vater treibt Sabir durch ganz Alexandria und Kairo. Machfus' Roman läßt sich als zeitgenössisches Gesellschaftsbild sowie als Kriminalroman lesen.

Die Kinder unseres Viertels
Das wohl umstrittenste Werk des Nobelpreisträgers; ein handlungsstarker, beziehungsreicher Roman in Anlehnung an die Menschheitsgeschichte.

Miramar
Alexandria – die Stadt des Sonnenlichts, das Herz voll von Erinnerungen … In der Pension Miramar logieren die Generationen des Landes: Grandseigneurs und Playboys, abgesprungene Revolutionäre und aufsteigende Funktionäre. Alle umwerben sie die Magd Zuchra, die schöne, energische Fellachin.

Die segensreiche Nacht
Liebevoll, sarkastisch, ironisch rückt Nagib Machfus Schwächen und Marotten, Sehnsüchten und Ängsten vor allem des kleinen Volkes zu Leibe und zeigt, daß unter Gottes weitem Mantel auch Platz für viele dunkle Leidenschaften ist.

Der Dieb und die Hunde
Ein dichtes Psychogramm eines Verbrechens und eine Abrechnung mit einer selbstzufriedenen Gesellschaft, die Unrecht begünstigt und sich dennoch ausnimmt, über ihre Opfer zu richten.

Die Midaq-Gasse
Einst glänzte die Midaq-Gasse wie ein Stern in der Geschichte des mächtigen Kairo. Inzwischen sind die Arabesken am berühmten Kirscha-Kaffeehaus bröcklig und morsch geworden, aber noch immer ist die Gasse erfüllt vom Lärm ihres eigenen Lebens.
